철마 정경옥, 생애 연구

이 책은 부친 고규상 목사님과 모친 송숙현 사모님,
그리고 오랜 벗 신도림제일교회 이성범 권사의 후원으로 간행되었습니다.

1903~1945

철마 정경옥, 생애연구

고성은 지음

삼원서원

머리말

    2017년, 종교개혁 500주년이라는 역사적인 해를 보내고 있다. 종교개혁 500주년을 맞이한 한국 교회에 절박하고 절실한 것은 아이러니컬하게도 종교개혁이다. 현재 한국 교회에 종교개혁이 절박하고 절실하다는 공감대만큼은 한국 교회 안에 분명히 형성되어 있는 것 같다. 진실로 한국 교회에 반드시 일어나야만 하는 종교개혁의 본질은 '바알'이 자리한 한국 교회를 '예수'가 자리한 한국 교회로 돌이켜야 한다는 것이다.

    '세속화의 길'을 걸으며 '십자가의 길'을 거부하고 있는 예수교회에 더 이상 예수가 없는 현실, 이것은 나 자신이 한 그리스도인으로서 맞닥뜨린 한국 교회의 참담한 자화상이었다. 이런 한국 교회의 참담함 속에서 내가 만난 한국 교회 역사 속 인물은 바로 위대한 신학적 유산을 한국 교회에 남긴 철마 정경옥이었다. 그가 남긴 위대한 저작물 중 『그는 이렇게 살았다』를 통하여 그가 신학자이기에 앞서, 그리고 목회자이기에 앞서 한 그리스도인으로서 일찍이 1930년대 교권화되고 제도화되어 생명력을 상실해 가던 한국 교회 속에서 복음적 영성을 통해 온전히 예수 따르기를 추구한 신앙적 모습을 엿보았다. 나는 이런 신앙적 삶을 추구하였던 정경옥에 대하여 신학적 궁금증이 아닌 생애에 대한 궁금증을 주체할 수가 없었기에 지난 2010년 그의 생애에 대한 연구에 몰두했다.

    이를 통해 그동안 한국 교회 안에서 잘못 알려진 그의 생애에 대한 적지 않은 여러 오류들을 바로잡는 성과를 거뒀다. 역시 가장 큰 오류는 그가 기독교조선감리회의 연회를 통해 목사 안수를 받지 않았음에도 불구하고 그에게 '목사'라는 호칭이 한국 교회에서 널리 확산되어 있다는 것이다. 이외에도 그가 진도교회 공동 설립자라기보다는 초기 신자일 개연성이 농후하다는 것, 그가 경기고등보통학교에서 중도 퇴학을 당한 것은 단순히 학자금 결핍이 아닌 3·1 독립 만세 운동과 관련되어 있다는 단초를 찾아 제시한 것, 그의 미국 유학 시기에 대해 1928년 7월 한국을 떠나 8월에 미국에 도착하여 공부하고 1931년 6월 미국을 떠나 귀국길에 올라 7월에 한국에 도착한 것을 신문기사를 통해 확실하게 제시한 것, 그가 이미 유학 시절을 통해 두 권의 신학서적을 번역한 것, 그가 감리교신학교에서 1931년 봄이나 혹은 1932년 봄이 아닌 1931년 가을학기부터 강의를 시작했다는 것과 그가 연희전문학교에서 처음으로 강의한 시기는 1939년이 아니라 1931년 가을학기라는 것, 그가 처음 목회를 시작한 곳은 수표교구역이 아니라 이태원구역 및 한강구역이라는 것, 그가 1937년 고향으로 낙향할 때 교수직을 사임한 것이 아니라 일시적인 휴직이었다는 것, 더욱이 공식적으로 교계에 밝힌 낙향 사유는 가정 사정으로 인한 휴직이었다는 것, 그의 감리교신학교 교수 사임은 만주 사평가 신학교 교장으로 가기 위한 사전 작업으로 1939년 연말에 이루어진 것이지 1940년 발생한 소위 '감신 삐라사건'으로 말미암은 감신 폐교와는 아무런 상관이 없다는 것, 그가 1942년 연말쯤 광주중앙교회 담임자로 부임한 것, 1943년 그는 광주교구장이 아닌 전남교구장으로 활동하면서 소위 연합 '광주교회'의 주관자로 목회 활동을 하였다는 것 등을 새롭게 발견했다.

하지만 내가 정작 그토록 보고 싶었던 정경옥의 신앙적 생生의 유산은 만나보지 못했다. 내가 만나본 정경옥은 예수를 온전히 따르는 삶에는 실패했다. 그렇지만 그는 예수를 온전히 따르기 위한 치열한 삶을 살았던 것만큼은 분명하다. 나는 어떤 측면에서는 '절반의 성공, 절반의 실패'한 삶을 살았다고 할 수 있는 그의 치열한 생을 『그는 이렇게 살았다』와 동일하게 8장으로 구성했다. 특히 그의 생애를 연구하면서 정경옥에 대해서 특정적으로 규정시킨 '감리교회 신학자'라는 타이틀에서 탈피시켜, 그가 한때 '감리교회 목회자'였을 뿐만 아니라 그의 생애 말년에는 '장로교회 목회자'였다는 사실에 주목하였고, 이를 통해 그의 전반적인 생애를 통해 드러난 다양한 면모를 그리기 위해 나름대로 노력했다. 한걸음 더 나아가 내가 왜 정경옥을 연구하게 되었는지, 그 연구 과정은 어떠했는지, 또한 그 과정을 통해 하나님께서 나에게 어떠한 체험을 하게 하셨는지 비록 나의 주관적 관점이기는 하지만 진솔하게 서술하여 필자 후기에 담았다. 이렇게 그의 생애를 전반적으로 서술하여 비공식적 개인 출판을 한 이후 간헐적으로 정경옥의 생애에 관한 또 다른 글이나 책, 그리고 증언을 접할 수 있었고, 그때마다 수정 보완을 했다. 이번에 삼원서원을 통해 출판하게 된 이 책은 그 결과물이며, 특히 비공식적 개인 출판에서 필자 후기로 담았던 것은 에필로그로 담았다.

그렇지만 정경옥에 대한 생애 연구를 시작한 2010년부터 지금까지 『전남교구 회의록』을 제대로 연구해 보지 못한 아쉬움의 크다. 언젠가 다시 한 번 기회가 주어진다면 『전남교구 회의록』을 통해 그의 진전된 생애를 연구할 수 기회가 있었으면 하고 소망을 재차 피력한다. 나는 생애에

대한 궁금증으로 정경옥을 연구한 것이기에, 그의 생애에 초점을 맞춘 연구로서만 자족하려고 한다. 이외에 그의 신학이나 사상, 그리고 영성으로 확장해 나아가는 연구는 더 이상 나의 몫이 아니다. 그러하기에 이 책은 철마 정경옥에 대한 총체적이고 종합적인 성격의 글이 아닌 그의 전반적인 생애에 초점을 맞춘 글이라는 것을 다시 한 번 명확히 밝힌다.

끝으로, 나는 이 책을 빚진 자의 심정으로 간행한다. 나의 주, 나의 하나님께 복음에 빚진 자, 스승이신 김흥수 교수·이덕주 교수·김동주 교수 님께 학문의 빚진 자, 양가 부모(부친 고규상 목사·모친 송숙현 사모·장인어른 최규건 집사·장모 김우남 권사)님께 희생의 빚진 자, 아내 최명옥과 아들 재권·딸 재원에게 사랑의 빚진 자, 이성철 장로·박길수 장로 님을 비롯한 광리교회 식구들에게 기도의 빚진 자, 변선규 목사·고 변철규 목사·유영완 감독·윤석일 목사·김재동 목사·정순복 목사·조규준 목사·최기태 목사·김승현 목사·조선혜 박사·이승규 장로 님께 인생의 빚진자, 유장환 교수·김영명 목사·정진선 목사·백병권 목사·이성영 목사·조성한 목사·이성범 권사에게 우애의 빚진자, 아우 고성현 목사를 비롯하여 소재송 목사·심기오 박사·윤상호 목사·김유천 목사·박재진 목사·심진섭 목사·오재율 목사·황미숙 박사 님께 응원의 빚진자로서 감사의 마음을 전한다.

2017년 10월 31일
고성은

차례

明ノ西洋新学問ヲ研究シテ将来或ハ相当ノ
織レル人物ナル青年タラントク卸望ス

大韓元年一月　日

韓卿廛

◎学生父兄諸位

太レノ一身ハシトハ速佐ス天性先キニ州進歩今ニシテノ
固ニ日ヲ以テ今道商学ハ日ヲ拾ク年ヲ以ヲナテシノ
自己ノ使用大キ作ルフ日的ニ十天ニ二千万円肥ノ文
出迎シニ若シ云ニ人質一百ニラニ無ノ人ヲニ巳ラ戒
月ヲ虚迎シテ日ヲ拾ルニ撃ニ何ニ又ヲ十午間ノ
奮及ニ依リタ朝鮮同肥力苦悦セニ一大好弼フ得
ラニ万余ノ珍兄者トセ万余ノ因似者ヲ捨レヲ做
立ノ己成七ヒシニ昱レリ日本拾ヲ学ンダ何ニ用入ルカ
毎年ラ元少不時代ノ虚進スルナク保反ヲ寮ノ

1장

유망주
정경옥

有望株 鄭景玉

總督ハ下シテ限ラ民同ニ許セシハ何故ノ學校程度解ク日
黑キノヒノシハ俗故ノ鮮人ニオ操ラフ團依ニアラ違信
層數ノ人民ナリ鮮人ヲ二十世紀ノ一人ナリ日本ニ二十世紀
ノ一人ナニ何メ是非ヲ新ダノ如ク恐ヒセヒ新日平等ナル
催ハ十ニ八 何故ノ救レカ歴迫ノ靜岩天ニ衛理退ヘ
同ニ風ノ次リ甲ナカルヘタ鮮鮮ヲ日本リ壁ニ中ニ田穏大ヒ
朝違十ニクフウアレナリ
石數ニタヶ瀧大生ノ独立万歳

建國圓

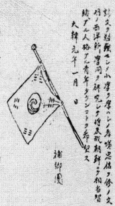

진도 독립운동 불온 문서1(학생부형제위)

진도 독립운동 불온 문서2 (옥주동포제위)

남궁혁, 변홍규, 박형룡, 김재준과 더불어 1930년대 한국 신학계를 풍미했던 신학자이자 목회자인 정경옥鄭景玉[1]은 1903년 5월 24일 전라남도 진도읍의 주산인 철마산鐵馬山 아래에 위치한 진도군 진도면 교동리(현재 진도읍 교동리) 103번지[2]에서 양반 가문의 '부잣집 장남'으로 출생했다.[3] 이를 통해 철마鐵馬라는 호가 그에게 명명되었다.[4] 그가 출생하였던 조그마한 '섬나라'인 진도는 완도와 더불어 전통적인 유배지였다.[5] 특히 조선 시대에는 일반적으로 진도에는 붓을 다루는 문인들을 귀양 보내왔고 완도에는 칼을 다루는 무인들을 귀양 보내왔다고 전해지는데, 비교적 땅이 비옥하고 농토가 많은 진도[6]에는 책만 읽은 문인들이 귀양을 가서 농사

---

1 유동식, 『한국신학의 광맥』 (서울: 전망사, 1982), 156.

2 http://photohs.co.kr/xe/2371에서는 정경옥의 생가 주소를 진도읍 교동리 103번지로 소개하고 있다. 그 반면에 정경옥·정지강, 『그는 이렇게 살았다 나는 이렇게 외쳤다』 (서울: 도서출판 고향서원, 1982), 123에서는 정경옥이 태어난 교동리 번지에 대하여 123번지로 소개하고 있으며, 선한용, "정경옥 교수의 생애 재구성에 관한 일고찰", 「이달의 감리교 인물: 정경옥 교수 추모기도회 및 강연회」 (서울:감리교신학대학교 역사자료관, 2004), 1에서는 113번지로 소개하고 있다. 그의 제적등본을 통해 그의 생가 번지에 대한 면밀한 검토가 필요하다고 사료된다.

3 정경옥·정지강, 『그는 이렇게 살았다 나는 이렇게 외쳤다』, 123.

4 그에게 있어 철마는 단순한 아호를 넘어서 그가 진도 사람임을 가장 잘 드러내 주는 상징이었다. 내가 정경옥을 연구하면서 발견한 특징 중 하나는 정경옥과 관계했던 사람들 중에 그가 진도 사람임을 모르는 사람이 거의 없었다는 점이다.

5 진도 유배자 명단에 대해서는 전남대학교 호남문화연구소 편, 『진도군지(상)』 (진도: 진도군지편찬위원회, 2007), 398-417 참조.

6 "선생의 여름: 감리신학 정경옥", 「신생」 (1932. 7·8), 389. 이 단상을 통해 그는 진도

짓고 생활하게 했던 반면에 산이 많아 척박한 완도에는 상대적으로 힘이 센 무인들을 보내 농토를 개척하게 한 것이다.[7]

이러한 진도에 한말과 일제강점기를 통해서 진도 지역의 '최후 유배자'로 일컬어지고 있는 미감리회 목사인 손정도[8]를 비롯하여 상당수 항일 독립운동가 및 애국계몽가들이 진도로 유배를 오게 되었고, 이들은 유배지였던 진도 지역에서 어느 정도 자유롭게 활동할 수 있어 진도 지역은 이들의 영향[9]을 받을 수밖에 없었음에도 불구하고 본래 육지와는 떨어진 조그마한 '섬나라'인지라 생각이 좁고 시대에 뒤떨어진 것만큼은 어쩔 수 없었다.[10]

이처럼 외부 세계와 비교적 교류가 적었던 우물 안 개구리인 진도에도 그가 출생한 무렵인 1904년 광신 사립학교로 출발하여 1909년 진도공립보통학교로 변경된 신新 교육기관이 설립되었다.[11] 정경옥 역시 이 학교를 다녔는데,[12] 그의 천재적인 명석함은 보통학교 시절부터 나타나고 있었다.[13]

에 대하여 매우 비옥한 곳으로 소개하고 있다.

7 http://blog.daum.net/chinasug75/7413150

8 "손씨 위로회", 「그리스도회보」 (1913. 12. 1), 2.

9 전남대학교 호남문화연구소 편, 『진도군지(상)』, 414 참조.

10 정경옥, "위기·흙·나", 「새사람」 7집(1937. 7), 13. 하지만 정경옥의 평가와는 전혀 달리 진도는 일제강점기 조선 사회운동이 처음으로 일어났을 때 그 진원지로서의 역할을 감당하여 소작운동, 농민운동, 청년운동 등 각 부문의 운동이 격렬하게 발생했던 지역으로 평가받았다. "진도적색농조사건, 관계자 활동개요, 대구복심 공판의 후기," 「조선중앙일보」 (1936. 2. 27), 2 참조.

11 http://www.jindo.es.kr

12 Chyong Kyong-ok, "An Examination of J. H. Leuba's Psychology of Religious Mysticism with Reference to the Distinction Between the Lower and the Higher Forms of Mysticism" (Northwestern University. thesis for Master Degree. 1931), 97에 기재된 약력에 보면 1911년부터 1916년까지 다닌 것으로 되어 있다.

13 "문학사정경옥씨", 「조선일보」 (1931. 8. 10), 4.

씨는 일즉이 소학시대부터 모든 학과에 우수한 천재가 있엇든 바…

그렇지만 아무리 천재적인 두뇌를 지녔다 할지라도 억지로나마 그 노력이 수반되지 않으면 좋은 결과물을 창출해 낼 수 없다. 그는 훗날 자신의 어린 시절 공부하던 모습을 이렇게 회상하고 있다.[14]

> 내가 어려서 공부하던 것을 생각하여 본다. 어려서 초등학교 다닐
> 때에는 부모나 선생님들이 훈계도 하시고 꾸지람도 하시고 심지어
> 종아리를 때리시기도 하여서 나는 마지못해서 글을 배웠다.

이처럼 그는 천재적인 머리와 억지적인 노력이 수반되어 진도공립보통학교를 수석으로 졸업하는 영예를 안았다.[15] 이로 인해 그의 부모님이나 선생님의 판단에 장래가 촉망된 유망주 정경옥을 진도에 머물게 할 수는 없었다. 진도 지역에서 회자되고 있는 말처럼 '진도는 사람이 살기는 좋은 곳이나 자식을 기를 만한 곳은 아니었던 것'이다.[16] 흔히 '말은 태어나면 제주도로 보내고, 사람은 태어나면 서울로 보내라'는 속담처럼 정경옥도 서울로 보내졌는데, 특히 그의 부친은 장남이었던 정경옥에게 벼슬을 기대하였다고 한다.[17]

이리하여 서울에 올라간 정경옥은 경성고등보통학교에 진학했다. 그

---

14 정경옥, 『그는 이렇게 살았다』 (과천: 삼원서원, 2009), 58; 김천배, "고 정경옥 교수의 편모"「기독교사상」 (1958. 5), 27에 보면 김천배는 그의 신학자로서의 위대함이 형성된 주된 요인으로 그의 천재성과 함께 무섭게 노력하는 사람이었다는 것을 꼽고 있다.

15 선한용, "철마 정경옥 교수의 생애에 대한 재조명", 『기독교신학개론』 (서울: 감리교 신학대학교 출판부, 2005), 3.

16 정경옥, "위기·흙·나", 13.

17 차풍로, "정경옥의 신학과 생활에서 본 인격주의교육", 「신학과 세계」 제5호(1979), 86.

가 경성고등보통학교에 입학할 무렵인 1917년[18] 전국에 관립고등보통학교로는 1900년 설립된 경성고등보통학교 이외에 1909년 설립된 평양고등보통학교가 존립하고 있었고, 1916년 대구고등보통학교가 신설되어 있는 상황이었으며, 또한 그가 입학한 이듬해인 1918년에는 함흥고등보통학교가 신설되기도 했다. 이처럼 전국 각지에 설립된 관립고등보통학교들 가운데서도 경성고등보통학교는 단연 으뜸이었다. 당시 4년제였던 경성고등보통학교에 입학하기 위해서는 입학생의 절반은 보통학교 교장의 추천을 받은 성적 우수자를 무시험 전형으로 입학시켰고 나머지 절반은 입학시험을 거쳐 선발하였기 때문에 13도의 수재들이 몰려들어 수험생들은 격심한 입학경쟁을 이겨내야 했기에 항간에는 '본교 입학시험을 보기만 해도 수재'라는 평판을 들었다.[19] 추측컨대 진도공립보통학교를 1등으로 졸업하였던 정경옥은 진도공립보통학교 교장의 추천을 받아 무시험 전형으로 입학한 것이 아닌가 사료된다.

이처럼 그는 명성이 드높던 경성고등보통학교에 입학해서도 우수한 성적을 유지하였지만 그가 3학년에 재학 중이던 1919년 3·1 독립만세운동과 관련되어 중도 퇴학을 당했다.[20] 그의 중도 퇴학 사유에 대하여 당초 공적인 문서를 통하여 표면적으로 알려진 이유는 학자금 결핍으로 인해

---

18 "고경 高警 제983호", 『비밀결사 국민회원 모집자와 불온 문서 배포자 검거에 관한 건』 (발송일은 1920년 1월 22일로 발신자는 육군성陸軍省이며 수신자는 내각총리대신 원경原敬이었다), http://db.history.go.kr에 보면 대정大正 6년에 입학한 것으로 기록되어 있으나 Chyong Kyong-ok, "An Examination of J. H. Leuba' s Psychology of Religious Mysticism with Reference to the Distinction Between the Lower and the Higher Forms of Mysticism", 97에 보면 1916년부터 1920년까지 다닌 것으로 기재되어 있다.

19 한국편집아카데미 편, 『사진으로 본 경기 백년』 (서울: 경기고등학교동창회, 2000), 58.

20 "문학사정경옥씨", 「조선일보」 (1931. 8. 10), 4. 당시 그가 3학년이 맞다면 그의 경기고보 동창생 중 가장 눈에 띄는 인물은 훗날 『상록수』의 작가가 된 심훈(본명 심대섭)이다. 그의 작은형은 기독교조선감리회 목사 심명섭이다. 경기고등학교칠십년사편찬회, 『경기 칠십년사』 (서울: 경기고등학교동창회, 1970), 96 참조.

중도 퇴학을 하고 고향에 내려왔다는 것이었다. 그럼에도 불구하고 일부 연구가들에 의해 그의 퇴학 사유에 대하여 거국적으로 발생한 3·1 독립 만세 운동과 관련이 있을 것이라는 추론을 강하게 제기하였는데,[21] 「조선 일보」 기사를 통해서 그 단초가 명확히 확인되었다. 그렇지만 3·1 독립만 세운동과 관련된 그의 이름과 행적을 그가 재학하였던 경기고등보통학 교 역사에서는 전혀 발견할 수 없다.[22] 오히려 나는 그의 중도 퇴학 사유 에 대하여 1919년 10월이라는 그의 중도 퇴학 시점을 통해서 추정해 볼 때 이해 경기고등보통학교에서 일제 항거라는 맥락에서 여름과 가을 두 차례에 걸쳐 발생한 동맹 휴학 가운데 가을에 발생한 동맹 휴학 사건과 관련된 것이 아닌가 사료된다.[23]

어쨌든 그는 외부적인 환경에 의해 결국 경성고등학교를 졸업하지 못 하고[24] 중도 퇴학을 당하여 고향인 진도에 내려왔지만 학문을 중단하지

---

21 선한용, "철마 정경옥 교수의 생애에 대한 재조명", 3; 이덕주, 『이덕주 교수의 한국 영성 새로 보기』 (서울: 신앙과 지성사, 2010), 24; 김영명, 『정경옥: 한국 감리교 신학 의 개척자』 (파주: 살림, 2008), 8.

22 경기고등학교칠십년사편찬회, 『경기 칠십년사』, 91-96; 경기백년사편찬위원회, 『경 기 백년사』 (서울: 경기고등학교동창회, 2000), 99-104 참조.

23 경기백년사편찬위원회, 『경기 백년사』, 104-6, 특히 가을에 발생한 동맹 휴학 사건 으로 경기고등보통학교 학생의 3분의 1 정도가 퇴학을 당했다고 한다.

24 경기고등학교칠십년사편찬회, 『경기 칠십년사』, 298-381에 보면 부록으로 경기고등 학교 졸업사 명단이 실려 있는데, 정경옥의 이름을 졸업자 명단에서 발견할 수 없다. 그 런데 경기백년사편찬위원회, 『경기 백년사』, 106에 보면 채관석 선생님의 다음과 같은 회고담이 실려 있다. 3·1운동 그리고 그 뒤의 동맹휴학 사건에 관련되어 퇴교당한 동 문 100여 명에 대해서는 그 뒤 일제당국의 유화宥和 정책에 따라 학교에서 명예졸업장 을 발급해 주었다고 한다. 그리하여 많은 동문들이 학교에 와서 이를 찾아갔으나 심훈, 채동선 등 16명만은 끝내 이를 찾아가지 않았다고 한다. 따라서 졸업장은 오랫동안 학 교 금고에 보관했는데, 당시 일본인 교사들 중에는 이를 폐기처분하자는 논의가 일기 도 했다는 것이다. 그러나 교무주임이던 가지와라 교유가 이를 제지함으로써 졸업장은 해방 당시까지 학교당국에서 계속 보관했다고 하는데, 정경옥은 어떻게 처리되었는지 궁금하다. Chyong Kyong-ok, "An Examination of J. H. Leuba's Psychology of Religious Mysticism with Reference to the Distinction Between the Lower and the Higher Forms of Mysticism", 97에 보면 졸업 여부는 모르겠으나 1916년

않고 전통적인 교육 기관인 서당에서 한학을 공부했다. 이처럼 한학을
공부하는 중에 공부에만 치중하지 않고 이 시기에 형성된 강한 민족정신
과 함께 고향 사랑까지 어우러져 동향 선후배인 박종협朴鍾浹[25], 박석현朴

부터 1920년까지 다닌 것으로 기재되어 있다. 이에 대한 면밀한 검토가 필요하다.

25 기독교 사회주의자인 박종협의 생애에 대해서는 면밀한 검토 작업이 필요하다. '박종
협' http://e-gonghun.mpva.go.kr/에 의하면 "생년월일은 1901년 9월 30일이고 사
망년월일 (양)1943년 10월 8일이다. 1919년 12월 태극기와 선언문을 준비하고 거사계
획 하다가 보안법 위반으로 징역 6월형, 1925년 결사대에 가입하여 일日 요인을 암살
계획하다가 치안유지법 위반으로 징역 2년형, 1932년 9월 신사회 건설을 목적으로 자
각회를 조직하고 조사부장으로 활동하다 치안유지법 위반으로 징역 2년 6월형을 각각
선고 받고 복역한 사실이 확인됨"으로 기록되어 있다. 반면에 "박종협" http://people.
aks.ac.kr/의 기록에 의하면 "1901년~1943년. 민족 항일시 진도농민조합珍島農民組
合을 통하여 항일운동을 전개한 애국지사. 전라남도 진도 출신. 1919년 12월 고향에서
서당에 다니던 중 동료생 정경옥·박석현·김인수 등과 함께 항일결사 보향단을 조직하
고 만세시위를 계획하다가 사전에 발각되어 일본경찰에 붙잡혔다. 그 뒤 1922년 진도
기독교청년회의 총무로 활약하였으며, 1924년 7월에는 진도소작인회珍島小作人會를
조직, 총무로 선임되어 소작쟁의를 지도했다. 1926년 12월에는 진도신흥청년회珍島新
興靑年會를 조직하여 활동하다가 1927년에 붙잡혀 금고 6월형을 받았다. 그 뒤 일본
으로 건너가 1928년 9월 대판大阪에서 같은 고향 출신인 박봉석朴鳳石 등 4명과 함
께 조선적화당朝鮮赤化黨을 조직하고 항일운동을 펴다가 일본경찰에 붙잡혀 1929년
10월 대판 지방 재판소에서 징역 2년형을 선고받고 옥고를 치렀다. 출옥 후 귀향하여
1933년 1월 조규선曺圭先 등과 사회과학연구를 목적한 자각회自覺會를 조직, 조사부
장으로 활동했다. 그해 12월 중앙일보사 진도지국장을 역임하다가 앞서 조직하였던 자
각회원들의 주도로 1934년 진도농민조합을 결성하고 교양부원과 진도면을 담당하여
항일투쟁을 펴다가 일본경찰에 붙잡혀 1936년 1월 징역 2년 6월형을 선고받고 옥고를
치렀다. 1977년 건국포장이 추서되었다"라고 기록되어 있어 상이한 측면이 있다. 다만
당시 신문 보도를 통해 분명한 것은 1934년 신사회 건설을 목적으로 청년동맹을 표면
단체로 하고 그 이면 단체로 자각회를 조직하였는데, 이러한 자각회를 해체하고 1935
년 '적색농민조합'을 결성하여 소작 쟁의를 주도한 혐의로 1936년 이른바 '적농사건'에
연루되어 재판을 통해 2년 6개월을 구형받아 복역하였다는 것이다. 그 후 그는 진도에
서 만주로 피신하던 중 일제에 의해 신의주에서 발각되어 매질을 당해 순국한 것으로
알려지고 있다. "진도적농사건 이십일일 공판 목포법원지청에서", 「동아일보」(1936. 1.
17), 3; "'진도적농' 사건 최고삼년구형, 언도는 래입팔일에", 「동아일보」(1936. 1. 24),
2; "진도적농체형관결", 「동아일보」(1936. 1. 30), 2; "진도적농공판 일심대로 이년반
구형", 「동아일보」(1936. 2. 25), 2; "진도농조사명 복심서도 체형관결", 「동아일보」
(1936. 3. 3), 2; "피고들 전부에게 징역 2년 구형, 진도 적농사건의 공판", 「조선중앙일
보」(1936. 2. 25), 2; "진도적색농조사건, 관계자 활동개요, 대구복심 공판의 후기",「조
선중앙일보」(1936. 2. 27), 2; "진도적색농조사건, 전심대로 체형언도, 2일 대구복심

錫鉉,[26] 김인수金仁洙 등 10여 명과 함께 진도군 진도면 성내리 소재 한원교
韓遠教 집 내 서당에서 '보향단補響團'이라는 독립운동 단체를 조직하고 두
종류의 불온 문서를 제작·인쇄·배포하는 일에 가장 주동적인 역할을 담
당했다. 이 단체의 불온 문서 제작·인쇄·배포 행위는 이내 일제에 의해
발각되어 그 주모자들이 검거되었다. 일제측은 이 사건을 다음과 같이
기록하고 있다.

불온 문서 배포자 검거

작년 12월 30일 전라남도 진도군 진도읍내 서당생도들이 보향단을
조직하여 불온 문서를 제작 배포한 사실을 발견하고 검거 취조중인에
그 상황은 아래(좌)와 같습니다.

1) 수모자의 씨명
전라남도 진도군 진도면 교동리 양반
서당생도 정경옥 당 17세
전 박종협 당 18세
전 박석현 당 18세
전 남동리 김인수 당 15세

에서", 「조선중앙일보」(1936. 3. 3), 2; "박종협" http://www.kcmma.org/
26 박석현은 정경옥과는 달리 목포 여흥학교로 진학하였고 그 후 평양 장로회신학교에
진학하여 졸업했다. 그는 1938년 조선예수교장로회 전남노회에서 안수를 받고 나주읍
교회에서 목회를 하였고 해방 후 광주양림교회에서 목회하다가 한국전쟁의 와중에 피
난을 떠나 영암에 머물던 중 공산군에게 체포되어 장모인 나옥매 전도사와 함께 순교
했다. 주형옥 편, 『조선예수교장로회 전남노회 제30회회록』(주형옥 방, 1938), 20; 차
종순, 『양림교회 구십년사』(광주: 대한예수교장로회 양림교회, 1994), 269-72; 김종
환, 『나주교회 구십오년사』(나주: 나주교회 95년사 편찬위원회, 2001), 108-9; 남평
교회 103년사 편찬위원회 편, 『남평교회 103년사』(나주: 도서출판 말씀사역, 2004),
381-82 참조.

2) 범죄의 동기 및 사실의 개요

정경옥은 대정 6년 중 경성고등보통학교에 입학하였으나 학자금 결핍으로 인해 객년 10월 중도퇴학 귀향하여 서당에 재학, 그 외 세 명도 함께 같은 서당에 재학하면서 서로 의견을 결집하여 항상 조선의 현황에 분개하고 독립을 망상하였고, 각지의 소요 수형자들을 칭하여 국사라 찬양했으며, 언젠가는 자기들도 이것을 따라 비밀리에 기회를 노리고 있던 중, 이 4명은 작년 12월 10일 경 진도군 진도면 성내리 한원교 집 내 서당에서 회합 모의한 서당생도들과 함께 보향단을 조직하고 활동을 개시하기로 했음. 그들은 타지방으로부터 불온 문서 독립신문의 배포를 받음으로 이것을 모방하여 불온 문서 배포에 의해 민심을 편동하려고 계획한 이래, 같은 서당에서 별지의 번역문과 같은 불온 문서를 제작하여 백수십장을 복사하였을 뿐만 아니라 생도 10명으로 동월 30일 오후 7시 경부터 진도읍내에 이것을 배포하고, 1월 1일을 기하여 독립만세를 고창하기로 하였는데 관할 진도경찰서에는 전일 불온 문서를 배포한 것을 발견하고 바로 전 서원을 동원 수사에 착수하여 드디어 전기한 주모자 4명 및 그와 관계된 7명을 검거하게 되었음. 그들은 미청년자로서 그 정상을 배려할 점이 있으나 일면 장래 타인들에게 경종을 울릴 필요가 있어 주모자들만은 엄중 처분해야함으로 취조 중에 서당교사 및 공립보통학교 여교사 등도 본건에 관계되어 그들을 사주한 것 같은 의심이 있어 진상판명은 안되었으나 극력 수사 중임.

발송선 내각총리대신 · 각성대신 · 척식국장관 · 경시총감 · 군사령관 · 양사단장 · 헌병대사령관 · 관동장관 · 동군사령관 · 검사총장[27]

---

27 "고경高警 제983호", 『비밀결사 국민회원 모집자와 불온 문서 배포자 검거에 관한 건』 (발송일은 1920년 1월 22일로 발신자는 육군성이며 수신자는 내각총리대신 원경이었다), http://db.history.go.kr

그런데, 보향단에서 배포하던 중 일제에 압수된 불온 문서는 두 가지였는데, 하나는 학생들을 상대로 한 것이었고, 또 다른 하나는 진도 사람들을 상대로 한 불온 문서였다. 이 불온 문서의 가장 두드러진 특징은 이 문서에 태극기를 그려 넣었다는 것이다. 일제는 이 불온 문서를 일본말로 번역하였는데, 그 문서를 역으로 다시 우리말로 번역하면 다음과 같다.

1) 학생부형제위學生父兄諸位

우리들의 학당은 도덕을 양성하고 문명진보발달을 시도하는 것을 목적으로 하고 있는데 지금 보통학교는 일본말을 주로 하여 장래 자기들의 사용인을 만들려하는 것을 목적으로 하고 있다. 2천만 동포의 문명진보를 방해하는 것은 실로 증오해야 할 일이며 날아가는 것과 같은 세월을 허송하여 일본말을 배우는 것은 무엇에 소용이 있는가? 10년간의 학정에 의하여 조선동포는 고통을 당하다가 일대 호조를 얻어 2만 여의 참가자와 7만 여의 옥살이를 하는 자를 내기까지 하면서 독립을 시위했는데 일본말을 배워서 무엇에 쓴단 말인가 다시 돌아오지 않은 소년시대를 허송함이 없어 가정에서 어문을 공부하게 하고, 소학을 배워 효제충신을 닦아 문명의 서양 신학문을 연구하여 장래 우리 조선에서도 항상 지식있는 인격을 갖춘 청년이 되기를 희망한다.
- 대한원년 1월 일 보향단

2) 옥주[28]동포제위沃州同胞諸位

사람에게 은혜를 끼치면 그 행한 덕에 보답을 하고, 악을 행하면 보복이 돌아온다는 것은 당연한 도리이다. 은혜를 입고도 보답을 하지 않음은 인간이 아니요, 또한 원수를 믿고 그에 대한 보복을 하지 않음은

---

28 진도의 옛 이름은 옥주다.

이것 역시 인간이 아니니, 인간이 아니라면 짐승이라고 말해야 할 것이다. 10년이라는 장구한 세월을 저 악마의 수중에 맡겨두어 그 학정에 의해 우리 2000만 동포의 문명발달에 지연과 어둠을 초래하게 한 처사는 실로 증오하기에 가하며, 원수로 삼아야 할 일일 것이다.

그런데 그들은 보복을 하고 있는지 아닌지는 몰라도 그들이 개성 홍삼의 거래를 총독부에서만 하게 하고 민간에게는 이것을 금하는 이유는 무엇인가? 광양 천일 제조염은 제등製藤에 한해서만 하게 하고 민간에게 이것을 허락하지 않은 이유는 무엇인가? 압록강의 영림소를 정하여 총독만이 관할하게 하고 민간에게는 허락하지 않음은 무슨 이유인가? 학교교육과정을 조선과 일본과의 차이를 둠은 무슨 이유인가? 조선 사람도 재주가 있고, 단체심이 있으며 도덕에 있어서 우월한 민족이다.

조선 사람도 20세기의 일원이며, 일본 사람도 20세기의 일원이거늘 왜 차별을 이렇게 심하게 두는가? 조선과 일본은 평등하지 않다는 이유는 무엇인가? 그들이 압박을 생각하고 계획한다 하더라도 언제까지나 같은 바람을 불 수 있는 것은 아니니 조선도 일본을 손에 넣고 회전시킬 때도 그렇게 멀리 있는 것은 아닐 것이다.

만세 만만세 태황의 독립만세

보향단

이들이 검거된 직후 이들이 검거되었다는 안타까운 소식은 중국 상하이에서 발행된 대한민국 임시정부 기관지인 「독립신문」에도 보도되었다.[29]

진도군읍내에서는 지난달 31일 밤 11시 경에 동군 보통학교 졸업생 11명이 선언서를 각호各戶에 배포하며 만세를 부르다 당지 왜서에서는

---

29 "진도청년의 시위운동", 「독립신문」 (1920. 2. 5), 1.

11명 가운데 박종협(19세) 박석현(17세) 김을수_{金乙洙} 정경옥(16세) 4명을
체포하여 지난 10일에 목포검사국으로 압송하다.

위 보도처럼 정경옥 일행은 목포 검사국으로 압송되었고 결국 광주지
방법원 목포지청 검사 분국의 사건 기록에 의하면 정경옥은 보안법 위반
자라는 죄목으로 확정 판결되었고, 집행원부에 의하면 그는 1920년 2월
18일 보안법 위반으로 징역 6개월 형을 받아 목포형무소에서 6개월 동안
수감생활을 했다. 이와 같은 정경옥의 목포형무소에서의 수감 생활은 그
의 생애에서 전환의 역할을 하게 되었다.[30]

---

30 선한용, "철마 정경옥 교수의 생애에 대한 재조명," 7.

補卿團

大韓六年一月一日

@ 學友父兄諸位

2장

신학도

神學徒 鄭景玉 / 정경옥

総督ハウシテ股ノ民同ニ拵セシル
果ニハレヤシハ何故ノ學校ノ程度低ヲ日
彼等ノ人民ナリ新人モ二十世紀ノ一人ナリ日本モ二十世紀
一人ナルニ何メ差等新タノ如ク恐ヒトモヤ野
催ハ十六ハ何故ノ教ヒカ歴也ノ静思スル
同ニ風ノ次リ年ナコルヘク新興セ日本リ
剞還十ニクララヘナリ
万歳万々歳大皇ノ独立万歳

建新團

젊은 시절 정경옥   YMCA에서   개릿 신학교 시절
                         영어를 배울 때

미국 유학시절 친구와 함께   개릿 신학교에서 B.D. 학위를 취득하고

노스웨스턴대학에서 M.A.를 취득하고

26

정경옥의 기독교 개종 시기에 대하여 크게 두 가지 설이 제기되고 있
다. 첫째, 그가 어려서부터 장로교회에서 신앙생활을 시작했다는 설인
데,[1] 이러한 가설은 정경옥이 첫 번째 부인인 허순화를 사별한 이후 두 번
째 결혼[2]한 부인인 김신애 사이에서 낳은 아들인 정우현의 증언에 기초한
것이다.

　　정교수의 둘째 아들 정우현 박사의 말에 의하면 그는 언젠가 자기 아
　　버지가 어렸을 때 진도장로교회 주일학교에 가서 찍은 사진을 본 일
　　이 있다고 한다. 지금 진도에서 살아있는 장로교회 늙은 신도들에 의
　　하면 정경옥 교수는 어렸을 때 장로교회에 다녔다고 한다.[3]

---

1 선한용, "철마 정경옥 교수의 생애에 대한 재조명", 7-8; 이덕주, "한국 감리교회 신앙
　과 신학 원리에 대하여: 1930년 '교리적 선언'과 정경옥의 '기독교의 원리'를 중심으로",
　「신학과 세계」제44호 (2002 봄), 119에 보면 이덕주는 이를 근거로 한때 정경옥이 어린
　시절부터 장로교회에서 신앙 생활했다고 서술하고 있다.

2 한영선, 『한없는 달림』 (서울: 한국기독교문화원, 1986), 34에 보면 한영선은 자신이
　감신 졸업반 마지막 학기에 간단한 결혼식을 올렸는데, 이는 정경옥 교수님의 감화 때
　문이라고 한다. 정 교수님은 1930년대 진도 갑부의 아드님인데도 단 돈 15전으로 결혼
　하신 분으로 허례허식을 배격하는 본보기를 친히 보여주셨다고 한다.

3 선한용, "철마 정경옥 교수의 생애에 대한 재조명", 10에 보면 정경옥은 유학 중 첫 번
　째 부인인 허순화가 별세하므로 1931년 감리신학교에 부임한 이후 내리교회 담임자
　였던 김현호 딸 김신애와 결혼하게 되었는데, 이러한 김신애 사모와의 사이에는 정우
　현, 정재현, 정혜숙 등이 있다. 정우현은 고려대학교 명예교수이며, 정재현은 캐나다에
　거주하고 있으며, 정혜숙은 미국에 거주하고 있다. 특히 차풍로, "정경옥의 신학과 생
　활에서 본 인격주의교육", 87에 보면 정경옥은 강연을 갈 때마다 아들인 정우현을 대

하지만 이 설은 그 전거가 매우 미약한 편이다. 당시 진도 지역에는 1905년에 설립된 군내면 분토리교회[4]가 유일했는데,[5] 전통적인 불교 집안 분위기에서 정경옥이 어린 시절 진도읍 교동리에서 원거리인 군내면 분토리까지 교회를 출석하였을 개연성은 상당히 희박하다고 본다.[6]

둘째, 그가 보향단을 결성하여 불온 문서를 제작하고 인쇄하여 배포하다가 체포되어 목포형무소에 수감생활을 하던 중 개종하였다는 것인데,[7] 이 가설은 정경옥의 첫 번째 부인인 허순화 사이에서 낳은 자녀인 정휘성의 증언을 기초한 것이다.

> 감옥생활 중 그는 성서를 접하게 되었고, 성서를 통하여 깊은 신앙체험을 했으며, 그 감방에서 어떤 장로님과 대화를 많이 나누었다고 한다. 정교수의 큰 딸의 증언에 의하면 그는 그 감옥에서 기독교 신앙에로 개종한 것이라고 말하고 있다.[8]

이를 신빙성 있게 여긴 이덕주는 2004년 진도읍교회(현재 진도중앙교회)에

동하고 다니며 실 예화를 많이 들면서 호소력 있게 가르쳐 정우현이 부친의 영향을 상당히 받은 것으로 기록해주고 있다. 선한용 역시 연합 광주교회 시절 청년들을 새벽에 가르칠 때 막내딸인 정혜숙을 무릎에 앉히고 강의했다고 기록해 주고 있어 그의 자녀에 대한 부정을 여실히 느끼게 해 주고 있다. 선한용은 정경옥이 가정에서는 좀 엄격한 편이었으나 매우 삽삽하고 대화가 많은 분이었다고 전해 주고 있다. 선한용, "철마 정경옥 교수의 생애에 대한 재조명", 17.

4 차재명, 『조선예수회장로회 사기』 (경성: 신문내교회당, 1928), 145.

5 전남대학교 호남문화연구소 편, 『진도군지(하)』 (광주: 진도군지편찬위원회, 2007), 428.

6 선한용, "철마 정경옥 교수의 생애에 대한 재조명", 8 참조.

7 같은 글, 7

8 같은 글, 10에 보면 정경옥과 허순화는 정경옥이 경성고등보통학교 1학년 때 결혼하여 정경옥의 유학시절 소천하게 되었는데, 정경옥과 허순화 사이에는 정의현과 정휘성이 있다. 특히 전남대학교 호남문화연구소 편, 『진도군지(상)』, 491에 보면 정의현은 배재학당에서 서양음악을 배웠지만 1956년 진도 최초의 국악원을 설립하고 이후 국악교재를 만드는 등 국악이론을 정리하는 데 큰 기여를 했다. 그는 가야금 연주를 잘하였다고 한다.

서 발행한 요람까지 참조하여 정경옥을 비롯한 박석현, 박종협 등 옥중 친구들이 옥중에서 동반 개종한 가운데 1920년 석방된 직후에 진도로 돌아와 진도교회를 설립하였다는 견해를 피력하고 있다.[9] 물론 이 시점 은 『조선장로교회사기 하』에서 언급하고 있는 진도읍교회 설립 시기와 엇비슷하게 맞물려 있다.

> 1920년 진도읍교회가 설립되다 선시에 본지 청년들이 신도하고 교회 를 설립하고 선교사 맹현리가 전도인을 파송하여 협력전파한 결과 육 십여인의 신자가 남동에 세옥을 차하여 예배하다가 합심 연보하여 이 백원으로 팔간초가를 매수하여 예배당으로 사용했다.[10]

그렇지만 진도읍교회가 1919년에 창립되었고 1920년에 정경옥, 박종 협, 박석현 등이 주도하여 일으킨 독립운동 사건에 기독교가 개입되었다 는 견해는 1999년 대한예수교장로회 합동측 기관지인 「기독신문」에 이 미 게재된 바 있다.

> 1919년 3월 1일. 일제의 억압에 맞서 온 겨레가 만세운동으로 분연히 일어선 그날이 바로 진도중앙교회(김명길 목사)의 창립일이다. 당시 진도에서도 남문통 앞에서 대규모 시위가 벌어지고 일제의 잔혹한 탄 압이 자행되기도 했다.
> 이 무렵 미국 남장로교 소속 배유지 선교사의 포교를 통해 교인이 된 허경언 허인규 구한태 등 10여 명은 당시 임참사 협실로 불리던 남동 리의 한 사랑채에서 예배를 드리기 시작했다. 식민지 땅 힘없는 백성 들은 새로운 신앙에 희망을 걸었던 것이다.

---

9 이덕주, 『이덕주 교수의 한국 영성 새로 보기』, 25.
10 한국교회사학회 편저, 『조선예수교장로회사기 하』 (서울: 연세대학교출판부, 1968), 315.

얼마 안 돼 섬사람들의 정신적 지주였던 조왕단지와 부적같은 미신적 풍습들이 사라지는 등 변화가 일기 시작했다. 초창기 성도들이 보여준 모범적인 생활과 민족의식들은 교회가 급속히 부흥하는 원동력이 되었다. 예배가 없는 날 개설된 야학은 여기를 거쳐 간 어린 새싹들을 한국 교회와 민족을 짊어지는 기둥들로 키우기도 했다. 특히 야학 교사들이 보여준 헌신적인 민족애는 이들의 뇌리에 깊이 남아 훗날까지 교인들에게 커다란 영향을 끼쳤다. 야학교사로 봉사하던 박종협, 박봉석 집사는 1920년 1월 1일 만세운동 거사를 벌이다 투옥되고, 출옥 후에도 다시 비밀결사를 조직하며 독립운동을 벌이다 결국 붙잡혀 잔인한 고문을 못이기고 순국한 것이다. 이는 훗날 한국전쟁 발발 후 이 교회 출신 박석현 목사가 영암에서, 박종해 집사가 당시 교회를 시무하던 김수현 목사와 이곳 진도 땅에서 끝까지 교회를 지키다 인민군의 손에 의해 순교하는 결사신앙의 맥으로 이어진다.

밖으로는 일본경찰들의 탄압, 안으로는 세 차례나 일어난 예배당 화재사건과 두 차례의 교회 폐쇄 등 온갖 시련에도 불구하고 교회는 꾸준히 역할을 감당하며 숱한 인재들을 배출했다. 산수화의 대가인 의제 허백련 화백, 광주중앙교회 8대 목사를 역임한 정경옥 목사도 바로 이런 소용돌이 속에서 교회를 통해 성장한 인물들이다.[11]

현재 진도중앙교회도 「기독신문」에 의거한 연원으로 교회 설립과 설립자들에 대해 서술하고 있다.

주후 1919년 3월 1일 대한독립운동과 함께 진도면 526번지에 교회가 설립되어 미국 남장로교 유서백 배유지 선교사의 포교로 해남군 우수영 최준섭 전도사와 군내면 분토교회 김경오 장로의 후원으로 초

---

11 http://www.kidok.com./ 이 기사는 1999년 3월 3일 입력되었다.

대 허경언 장로(의제 허백련씨 부친) 허인규(고 허성 장로 부친) 구인태 집사를 중심으로 하여 임참사 협실을 얻어 예배를 드리다.[12]

이에 한 걸음 더 나아가 한국교회순교자기념사업회에서는 보향단의 배후에 기독교가 개입되어 있다는 설을 구체적으로 적시하고 있다.[13]

> 1919년 진도면 놈동리 교회 전도사인 구한태 씨의 비밀지도 하에 진
> 도읍 성내리 한병회 댁 한문서당 학생 7명의 동지들과 1919년 12월경
> 에 많은 선전문을 준비하여 익년 1월 1일을 기하여 거사하려다 적발
> 되어 치안유지법 위반으로 1920년 2월에 징역 6월형을 선고받고 복역
> 하였음.

이러한 기록들을 종합적으로 판단해 볼 때 정경옥은 수감 생활을 통해 진도 동료들과 함께 동반 개종한 가운데 진도교회의 공동 설립자라기보다는 진도읍 교회 초기 신자였을 개연성이 농후하다.

어쨌든 분명한 것은 그의 기독교로의 개종은 그의 삶에 획기적인 전환을 가져오는 계기가 되었다는 것이다. 그는 더 이상 벼슬길을 요망하였던 부친의 뜻을 따르지 않고 부친의 뜻을 거스르게 됨으로 말미암아 '구박덩이'로 전락했다. 이러한 중에서도 그는 공부에 대한 뜻과 의지만큼은 결단코 꺾지 않았다.[14] 아마도 이 시기에 비롯된 것으로 추정되는 한

---

12 양호승 편, "진도중앙교회 연혁", 『2010 교회 일람표』 (진도: 대한예수교장로회 진도
　중앙교회, 2010), 4 참조. 이 연혁에서는 박종협, 박석현, 정경옥 등이 옥중에서 전도 받
　고 개종한 것으로 기술되어 있다.

13 "박종협" http://www.kcmma.org/

14 선한용, "철마 정경옥 교수의 생애에 대한 재조명", 13에 보면 '정우현 박사가 초등학
　교 3학년 때(2차 대전 직전에) 부친인 정경옥이 어디론가 사라져 동네 사람들까지 동원
　하여 인근 철마산을 뒤져서 3일 만에 찾게 되었는데, 3일 만에 발견된 그는 철마산 산
　꼭대기 소나무 밑에서 책을 읽고 있었다고 한다'라고 기록하고 있다. 이 일화는 그 진위

편의 일화가 이를 잘 대변해주고 있다.

> 정교수의 부친은 정교수가 벼슬을 하기 원했다. 그러나 아버지의 뜻
> 을 거슬렀기 때문에 정교수는 많은 구박을 받았다고 한다. 한번은 집
> 에 있을 수 없어서 광주 천마산에 도피해 있을 때에도 책을 한 보따리
> 싸가지고 가서 공부했다는 것이다. 그는 그야말로 책밖에 모르는 선
> 비였다.[15]

부친이 냉대하는 상황 속에서도 배움에 대한 열정과 꿈을 접지 못한
정경옥은 재차 원대한 포부를 가지고 고향을 떠나 서울로 올라와 이번에
는 정규 학교 과정이 아닌 열악한 환경 속에서 배움의 열정이 있던 지방
의 청소년들에게 '배움의 샘터' 역할을 하고 있던 중앙청년학관中央靑年學
館에서 운영하는 영어과에 다녔는데,[16] 그는 이 영어과를 가장 우수한 성
적으로 졸업했다.[17] 그는 그가 중앙청년학관에 다니던 시기에 중앙기독교
청년회YMCA에서 발행하던 월간지 「청년」[18]에 1922년 3월 '나의 생각'이라

여부를 떠나 정경옥의 공부에 대한 뜻과 의지만큼은 일평생 이어졌다는 것만큼은 명
확히 인지할 수 있게 한다.

15 차풍로, "정경옥의 신학과 생활에서 본 인격주의교육", 86.

16 Chyong Kyong-ok, "An Examination of J. H. Leuba's Psychology of Religious
Mysticism with Reference to the Distinction Between the Lower and the Higher
Forms of Mysticism", 97에는 1920년부터 1923년까지 다닌 것으로 기재되어 있다.
전택부, 『한국기독교청년회 운동사』 (서울: 범우사, 1994), 282-83 참조.

17 "문학사정경옥씨", 「조선일보」 (1931. 8. 10), 4; 장공 김재준 목사 기념사업회, 『김재준
전집 13: 범용기(1)』 (서울: 한신대학 출판부, 1992), 50에 보면 김재준은 정경옥과 같
은 반이었고, 졸업시험을 치르게 되었을 때 성적은 첫째였지만 일년 내내 수업료를 내
지 못해 졸업자 명단에 없었다고 회고하고 있어 김재준과 정경옥이 서로 성적 면에서
각축을 벌인 것으로 추정된다.

18 「청년」은 1914년 9월부터 YMCA에서 월간으로 발행하던 「중앙청년회보中央靑年會報」를
1920년부터 「청년」이란 새 제호로 바꾼 것이다. 전택부, 『한국기독교청년회 운동사』, 117.

는 시 한 편[19]과 6월 '淚를 笑로' (눈물을 웃음으로)라는 심오하면서도 난해한 에세이 한 편[20]을 처녀작들로 발표하고, 이듬해인 1923년 6월 신시新詩인 '春의 野' (춘의 야)라는 시 한 편[21]을 발표하여 자신의 문학적 재능을 마음 껏 발휘했다.[22]

그 후 그는 일본으로 건너가 감리교 계통 학교인 도쿄 아오야마학원青 山學院의 신학부에서 공부했다.[23] 그렇지만 일본에서의 유학생활은 그리 길지 못하고 단기간에 그치고 말았는데, 이것은 바로 1923년 9월 발생한 관동대지진으로 인한 여파 때문이었다.

그는 지진이 났을 때 일본인 집 2층에서 밥을 짓고 있었다고 한다. 그 는 지진이 나자 창문을 열고 집 오른쪽으로 뛰어 내렸는데, 그 집이 다 행히 왼쪽으로 쓰러져 목숨을 건질 수 있었다. 그러나 그가 뛰어내리 자마자 일본 경찰에게 붙잡혀 많이 구타를 당해 죽을 뻔했다. 그때 한

---

19 정경옥, "나의 생각", 「청년」제2권 제3호(1922. 3), 28-30; 정경옥저작편찬위원회 편, 『정경옥 교수의 글모음』, 603-5.

20 정경옥, "루를 소로", 「청년」제2권 제9호(1922. 9), 56: 정경옥저작편찬위원회 편, 『정 경옥 교수의 글모음』, 422.

21 정경옥, "춘의 야", 「청년」제3권 제6호(1923. 6), 58-60; 정경옥저작편찬위원회 편, 『정경옥 교수의 글모음』, 606-8.

22 김천배, "고 정경옥 교수의 편모", 26에 보면 김천배는 정경옥을 신학자이자 문인으로 소개하고 있다. 차풍로, "정경옥의 신학과 생활에서 본 인격주의교육", 86에 보면 차풍 도는 정경옥에 대해 문학적인 재능을 통해 일생 선비형 학자로서의 기지를 발휘하게 되 었다고 평가하고 있다. 특히 그는 시조를 좋아하셨다고 하며 묵화 붓글씨를 잘 썼다고 한다. 또한 그는 민속적이었는데, 기왓장을 수집하였고 매우 고상한 인간미를 풍겼다 고 소개하고 있다.

23 대부분 정경옥이 도시샤대학(동지사)으로 유학한 것으로 기재되어 있다. 그 일례로 윤춘병, "정경옥", 한국감리교회사학회 편, 『한국 감리교회를 섬긴 사람들』 (서울: 도 서출판 에이멘, 1988), 37을 들 수 있다. 하지만 김영명, 『정경옥의 생애와 신학연구』 (호서대학교 연합신학대학원 박사학위논문, 2006), 37에 보면 김영명은 도시샤 대학에 유학중인 양주한 목사에게 의뢰하여 입학 여부를 알아보았으나 입학자 명단에 없었기 에 선한용에 의해 처음 제시된 아오야마 학원에 입학하였을 개연성을 높게 보고 있다.

일본인이 나타나 일본 경찰을 향하여 같은 인간인데 조선 사람이라
는 이유만으로 그렇게 할 수 있는가 하고 항의를 하여 그는 풀려날 수
가 있었다.(그의 큰딸이 아버지에게 들은 말에 의하면 그 일본 사람은 그가 살고 있던 집
여주인이었다고 한다).[24]

이 증언은 관동대지진과 관동대지진 후 조선인에 대한 유언비어로 말
미암아 자행되었던 조선인 대량 학살에 관련된 이야기가 뒤엉켜 구전된
것으로 추론되는데,[25] 추측하건대 정경옥은 관동대지진 직후 조선인에
대한 대량 학살이 자행됨으로 말미암아 신변의 위협을 느껴 더 이상 일
본에 머물지 못하고 고국으로 돌아온 것으로 사료된다.[26]

고국으로 돌아온 그는 당시 3년제인 협성신학교에 진학했다.[27] 그
가 협성신학교에 입학하기 이전인 1922년 협성신학교는 교장 하디R. A.
Hardie(하리영)가 교장직을 사임하고 개성 송도고등보통학교장이었던 왓슨
W. A. Wasson(왕영덕)이 교장으로 취임하게 된 이후 학과를 증설하고 교과과
정을 개편하는 변화를 꾀했다. 그리하여 영문과英文科를 두어 신학교 본
과本科로 삼고 고등보통학교 졸업자에게 입학자격을 주되 영어 해득이 부
족한 자에게는 예비과 1년을 거쳐 본과 1년에 진학하여 3년을 공부하여
졸업하게 했다. 더 나아가 1년의 연구과를 두어 계속 연구할 수 있는 길
까지 열었다. 적어도 4년 내지 5년을 공부하게 하여 교역자의 질적 향상
을 도모하자는 발전 정책이었다. 또한 이와는 별개로 선문과鮮文科는 별
과別科로 하여 3년에 졸업하게 한 후 매년 1개월 수업하는 연구과를 두어

---

24 선한용, "철마 정경옥 교수의 생애에 대한 재조명", 8.
25 http://ko.wikipedia.org/ '간토 대지진'항목 참조.
26 이덕주, 『이덕주 교수의 한국 영성 새로 보기』, 25 참조.
27 협성신학교는 1911년부터 1929년까지 3년제 졸업생을 배출했다. 이성삼, 『감리교와
　　신학대학사』 (서울: 한국교육도서출판사, 1977), 310-12.

교역자의 재교육과정을 개설한다는 것이다.[28] 이러한 선문과는 이내 본문과本文科로 변경되었다. 이러한 구별은 곧 선문과는 당장 급한 교역자를 양성하여 교회 일선으로 내어 보내자는 정책이었고, 영문과는 일반 지식과 신학 지식을 겸비한 유능한 목회자와 학자를 양성해 내자는 데 목적을 둔 학제였다.

이 학제에 의해 1923년부터 신입생을 모집하였는데, 특히 영문과에 입학하기 위해서는 본문과 입학시험에 부과된 과목에다가 영어 과목이 추가되었다.[29] 이러한 영문과에 1924년에는 5명이 입학하였지만 1925년에는 영문과에 지원자가 단 1명도 없었고, 다만 예비과에만 7명이 입학하였다는 기록으로 미루어볼 때 정경옥은 1924년에 영문과 1학년으로 입학한 것이 아닌가 추정한다.[30] 당시 협성신학교는 매년 춘기와 추기 그리고 동기로 이어지는 3학기제로 운영되고 있었는데, 본문과와 영문과는 각기 전혀 다른 과정으로 진행되었다.[31] 그렇지만 1926년 3월 19일 영문과가 4명의 제1회 졸업생을 배출하면서 폐지되는 바람에 학과 구분의 의미가 사라지게 되었다.[32] 이로 인해 영문과 졸업생을 위한 연구과도 폐지

---

28 "감리교회협성신학교일람표", 「신학과 세계」제7권 제1호(1922. 1), 103-4.

29 이성삼, 『감리교와 신학대학사』, 147.

30 윤춘병, 『한국감리교교회성장사』(과천: 감리교출판사, 1997), 389. 이 기록은 1925년 "감리교협성신학교일람표"에 의거한 것인데, 윤춘병의 책에 오기가 적지 않아 정경옥이 1924년에 입학한 것인지 혹은 1925년 입학한 것인지 면밀한 검토가 필요하다. 더군다나 Chyong Kyong-ok, "An Examination of J. H. Leuba's Psychology of Religious Mysticism with Reference to the Distinction Between the Lower and the Higher Forms of Mysticism", 97에 보면 그는 1923년에 입학하여 1927년에 졸업한 것으로 기록되어 있어 그의 입학연도에 대한 면밀한 검토가 더욱 필요하다.

31 같은 책, 149-50 참조.

32 같은 책, 151; '교중휘문'「신학세계」제11권 제2호(1926. 4), 86; 감리교신학대학교 역사화보편집위원회, 『감리교신학대학교 120주년 화보집: '자유와 빛' 감신 120년의 발자취』(서울: 감리교신학대학교 출판부, 2008), 91에 보면 제1회 영문과 졸업생인 김강, 이경중, 이승근, 송흥국 등 4인의 사진이 실려 있는데, 이 사진 해설은 윤춘병, 『한국감리교교회성장사』, 389에 있는 내용을 그대로 인용하여 1924년 3월에 첫 입학하여

되었다.

그가 입학한 직후인 1925년 당시 협성신학교 교수진과 맡은 과목은 다음과 같았다. 교장인 왓슨은 실용신학, 교감인 케이블E. M. Cable(기이부)은 교회사, 서기 겸 회계인 데밍C. S. Deming(도이명)은 조직신학, 교수로는 하디가 성경석의, 캠블F. K. Gamble(감보리)이 목회학, 변성옥은 종교교육, 최병헌은 한문 및 비교종교학, 김인영은 성경석의를 교수하였으며, 강사들은 케이블 부인Mrs. E. M. Cable이 영어, 레이시J. V. Lacy(예시)가 종교교육, 김인식은 음악, 목촌봉오木村蓬悟는 일어, 백남석은 영문법, 국지애일菊地愛一은 일어, 정인보는 국어작문을 교수했다. 이외에 특별강사로는 보아즈H. A. Boaz(보애시) 감독, 전요섭, 신흥우, 윤치호, 톰슨W. T. Thompson, 버스크릭J. D. Van Buskrik(번복기), 브래넌L. C. Brannon(브라만), 김익두, 빌링스B. W. Billings(변영서), 양주삼, 아펜젤러H. D. Appenzeller, 노블W. A. Noble(노보을), 차재명, 레이널즈W. D. Reynolds(이눌서) 등이 교수했다.[33]

이러한 교수진 가운데 특히 정경옥의 천재적 소질을 발견한 이는 양주삼이었다. 양주삼은 그때 정경옥의 논문을 읽고 깜짝 놀라 장래에 길러야 할 인물임을 알게 되었다고 한다.[34]

이러한 가운데 그는 협성신학교 재학 시절 신학적인 토론을 좋아했다고 전해진다. 정경옥으로부터 목회자로서의 소명의식[35]이 생성된 바 있

1929년 졸업하였다고 오기되어 있다.

33 이성삼, 『감리교와 신학대학사』, 144-46; 윤춘병, 『한국감리교교회성장사』, 391; 감리교신학대학교 역사화보편집위원회, 『감리교신학대학교 120주년 화보집: '자유와 빛' 감신 120년의 발자취』, 94에는 1926년 협성신학교 교장이 왕영덕에서 기이부로 교체된 가운데 1926년 당시 협성신학교 교수들인 케이블, 하디, 왓슨, 데밍, 캠블, 임두화, 최병헌, 변성옥, 노블 부인, 케이블 부인, 시로토 료사쿠, 김인식, 백남석, 신흥우, 윤병섭, 장락도, 조병옥의 사진이 실려 있다.

34 선한용, "철마 정경옥 교수의 생애에 대한 재조명", 9.

35 윤성범은 정경옥의 광성고보 특강으로 인해 자기반에서만 무려 7명이나 감리교 신학교로 가기로 작정했다고 한다. 윤성범, "정경옥, 그 인물과 신학적 유산", 「신학과 세계」 제5호(1979), 11-12.

던 윤성범은 1930년대 '감리교회의 두 개의 큰 기둥'[36]과도 같았던 정경옥과 이용도 사이에 신학생 시절 얽힌 짧막한 일화 한 토막을 전해 주고 있다.

> 정경옥 교수는 이미 감리교신학교(그때는 협성신학교) 재학 시절에도 굉장히 신학적인 토론을 좋아했었다고 하며 거기의 라이벌이 이용도 목사였다고 한다. 두 사람이 일단 논쟁이 붙게 되면 밤을 새는 수가 한두 번이 아니었다는 것이다.[37]

이와 같은 신학생 시절을 보낸 그는 1928년 1월 18일 오전 10시 협성신학교 강당에서 협성신학교 제14회로 졸업했다. 이날 협성신학교는 개교 이래 가장 많은 졸업생인 41명을 배출하였는데, 그 졸업생 명단은 아래와 같다.

전주부 박연서 윤봉진 노형근 전효배 함용준 오인근 김상덕
조신일 남천우 이동욱 배덕영 이명제 이원섭 한동규 윤시병
윤태현 김정현 차경창 이강산 백학신 유병익 김기정 박진하
김재선 이피득 한사연 신후승 민용식 박기준 이진구 김영환
정봉익 황치헌 유자훈 이용국 정경옥 이용도 김광호 박유병
박세평[38]

---

36 박봉배, "정경옥의 신학과 윤리", 「신학과 세계」제5호(1979), 48. 이것은 마치 역대하 3장 15절에서 17절에 기록된 예루살렘 성전의 두 기둥인 야긴과 보아스를 연상케 한다.

37 윤성범, "정경옥, 그 인물과 신학적 유산", 14.

38 "협성신학교데십사회졸업", 「기독신보」(1928. 1. 25), 3. 이처럼 서울에 소재한 협성신학교는 41명을 배출한 반면 평양에 소재한 장로회신학교는 1927년 12월 21일 거행된 제22회 졸업식을 통해 5명을 배출했다. "평양신학교제이십이회졸업", 「기독신보」(1927. 12. 21), 2.

「기독신보」에서도 이들만을 위한 사설까지 게재하였는데,[39] 이 사설에 걸맞게 이때 졸업한 신학생들 중에는 부흥사, 교수, 목회자 등 걸출한 인물들이 적지 않게 배출되어 조선의 복음화에 앞장서게 되었다.

이들 가운데 정경옥은 가장 우수한 성적으로 졸업을 했다.[40] 이환신은 이용도 회고에서 정경옥에 대하여 다음과 같이 언급하고 있다.

> 분명치는 않으나 그때 영문과 졸업반의 종합석차는 정경옥, 유자훈, 이용도 순이었다고 기억된다.[41]

이렇게 최우등으로 졸업한 그는 졸업과 동시에 단연 돋보이는 행보를 보이고 있다. 즉 그는 졸업 직후에 발행된 「신학세계」에 미가엘 푸틴의 '물物의 언어言語'를 번역하여 발표하였고,[42] 그 다음에 발행된 「신학세계」에서는 그의 처녀작 논문인『종교와 도덕』을 발표하여 그의 출중한 실력을 과시했다.[43] 더군다나 「기독신보」에 '사랑'이라는 글을 연재하여 한국 기독교계에 자신의 존재 가치를 널리 알렸다.[44]

한편, 그는 협성신학교를 졸업하던 해인 1928년 7월 미국으로 유학을 떠났는데, 이러한 그의 미국 유학에는 케이블 교장의 추천이 있었다

---

39 "반도의 성화와 신학졸업생의 사명", 「기독신보」 (1928. 1. 25), 1.

40 "문학사정경옥씨", 「조선일보」 (1931. 8. 10), 4.

41 변종호, 『사모의 세월: 추모집』 (서울: 장안문화사, 2004), 153.

42 "물의 언어", 「신학세계」 제13권 제1호(1928. 1), 55-59.

43 "종교와 도덕", 「신학세계」 제13권 제2호(1928. 3), 34-38.

44 정경옥, "사랑 1", 「기독신보」 (1928. 2. 15), 9; 정경옥, "사랑2", 「기독신보」 (1928. 2. 22), 9; 정경옥, "사랑 3", 「기독신보」 (1928. 2. 29), 9; 정경옥, "사랑 4", 「기독신보」 (1928. 4. 25), 9; 정경옥, "사랑 5", 「기독신보」(1928. 5. 9), 9; 정경옥, "사랑 6", 「기독신보」(1928. 5. 16), 9; 정경옥, "사랑 7", 「기독신보」(1928. 5. 23), 9; 정경옥, "사랑 8", 「기독신보」(1928. 6. 6), 9.

고 한다.[45] 그는 1928년 8월 5일에 미국에 도착한 가운데 노스웨스턴 대학 신학부에서 공부하기 위하여 시카고로 오게 되었다고 샌프란시스코의 교민신문이었던 「신한민보」는 전하고 있다.[46] 그렇지만 그는 시카고한인감리교회(현 시카고한인제일연합감리교회)에 출석[47]하면서 시카고 근처인 일리노이 주 에번스턴 노스웨스턴 대학 캠퍼스 내에 자리하고 있는 개릿 신학교Garrett Biblical Institute에서 조직신학 전공으로 공부했다. 이 신학교의 학제는 4학기quarter제였다. 그는 1928년 첫 학기인 가을학기에 신약 과목으로 기초 그리스어와 조직신학 과목으로 종교의 본질을 수강했다. 12월에 가을학기가 끝나고 1월에 시작하는 겨울학기에는 신구약 각 한 과목과 조직신학 한 과목 등 세 과목을 수강하였는데, 가을학기에 좋은 성적을 받은 정경옥은 상당히 자신감을 얻었고, 지도교수 역시 세 과목을 수강할 수 있도록 승인해 주었다. 특히 겨울학기에 그가 수강한 세 과목 중에는 조직신학 과목인 신론 및 세계론Biblical Doctrine of God & World이라는 과목은 정경옥의 관심을 끌기에 충분했다. 겨울에는 구약 문학의 개관이라는 과목도 수강하였으나 정경옥은 구약에는 그리 대단한 흥미를 느끼지 못해 타 과목에 비해서 성적이 약간 낮았다.

세 번째 학기인 1929년 봄학기에도 조직신학 과목인 인간 및 구원론을 비롯하여 세 과목을 수강했다. 정경옥은 조직신학을 전공하고 부전공으로 신약을 택하였기 때문에 매 학기 조직신학 한 과목을 필수적으로 선택해야만 했다. 매 학기 세 과목을 수강하면서 1년을 지낼 경우 몸도 마음도 지쳐 흔히 여름학기에는 수강하지 않은 것이 관례임에도 불구하고 정경옥은 1년간 쉬지 않고 풀타임으로 공부했으면서도 1929년 여름학기

---

45 정경옥, 『그는 이렇게 살았다』(서울: 한국기독교문화원, 1982), 표지의 저자 정경옥 소개 글 참조.

46 "정경옥씨 도착후 쉬카고로", 「신한민보」 (1928. 8. 9), 1.

47 "시카고 교회 신서광", 「신한민보」 (1931. 3. 19), 1.

역시 신약, 조직신학, 교회사, 사회학 분야 각 한 과목씩 세 과목이나 수강했다.[48]

1929년 가을에는 종교철학을 비롯하여 세 과목을 수강했는데, 그 중에 조직신학이 두 과목이었고 나머지 한 과목은 윤리학 과목이었다. 1929년 겨울학기에는 종교철학과 공관복음 문제를 비롯하여 세 과목을 수강하였는데, 그 중 조직신학만 두 과목이었다. 유학생활 1년 6개월이 지나면서 조직신학에 대한 비중이 상대적으로 높아진 것이다. 1930년 봄학기에는 메시아 희망이라는 구약 과목을 제외한 나머지 두 과목 모두 조직신학이었다. 특히 정경옥은 이 학기에 지도교수인 해리스 프랭클린 롤Harris Franklin Roll 박사의 조직신학 과목인 종교경험 방법론을 수강했다.[49] 그리고 1930년 마지막 여름학기에는 조직신학 과목으로 기독교 세계관과 기독교윤리 두 과목을 수강했다.[50] 이처럼 그는 적지 않은 과목을 수강한 중에 개릿 신학교의 교수들 가운데 가장 큰 영향을 받았던 분은 역시 롤 교수였다.

이런 가운데 그가 이 신학교를 다니면서 만 2년만인 1930년 영예로운 신학사B.D. 학위를 수여[51] 받을 수 있었던 것은 만 2년 동안 수업시간과 자는 시간을 제외하고는 거의 우유와 빵을 사 가지고 도서관에 들어가 진리 탐구에 열중하면서 시간을 보낸 끝없는 정열[52] 속에서 여름학기에도 쉬지 않고 풀타임으로 수강했고 협성신학교에서 이수한 과목 중 종교

---

48 박용규, "정경옥의 신학사상", 「신학지남」제253호(1997 겨울호), 159에 기록된 것을 그대로 인용한 것인데, 신약, 조직신학, 교회사, 사회학 등을 합하면 네 과목으로 오기이지만 일단 원 출처를 입수할 수 없기에 그대로 인용한다.

49 2010년 11월 6일 김홍수는 나에게 정경옥의 지도교수였던 롤이 남가주대학에서도 가르쳤는데, 남가주대학의 학생이었던 김하태에게 정경옥에 대하여 요약의 귀재였다는 평가를 했다는 증언을 했다.

50 박용규, "정경옥의 신학사상", 159.

51 "제육회 종교교육대회", 「감리회보」제4권 제7호(1936. 7), 2.

52 선한용, "철마 정경옥 교수의 생애에 대한 재조명", 9.

교육과 인문주의 분야의 다섯 과목을 인정받았기 때문이었다.

한편, 이처럼 학업에 열중하는 가운데서도 독립단체인 북미대한인국
민회北美大韓人國民會에 참여하고 있었다.[53] 물론 그는 두드러진 독립운동
활동을 전개한 것은 전혀 아니지만 강한 민족주의 정신만큼은 한결같이
유지하고 있었다는 것만큼은 확실하게 엿보게 한다. 이러한 그의 '마음
과 생각과 혼'의 흔적을 신학교 시절 친구로서 훗날 일리노이 주 피오리
아Peoria 지방 감리사가 된 크레디Dr. Harry Crede의 눈을 통해서도 잘 알 수
있다.

> 나는 정경옥씨와 함께 게렛신학교에서 공부했다. 그는 천재였다. 그리고
> 그는 antiJapanese nationalist(반일 민족주의자)였다.[54]

그 후 그는 노스웨스턴대학 대학원 석사학위 과정에 진학하여 1930년
가을 1과목, 1931년 겨울학기에 3과목, 그리고 1931년 봄학기에 1과목
등 5과목을 수강하고 1930년 여름학기에 수강한 두 과목을 대학원 과
목으로 인정받아 코스워크를 마치게 되었다. 이 대학 대학원에서 코스워
크를 할 때 그는 기독교교육 교수인 조지 앨버트 코George A. Coe의 영향
을 받은 것으로 알려져 있다.55 코스워크를 마친 그는 개릿 신학교 시절
그에게 영향을 주었던 해리스 프랭클린 롤의 영향을 받아 종교 신비주의
와 관련된 논문인 "신비주의의 저등과 고등 형식들 간의 차이와 관련한 J.
H. 류바의 종교 신비주의 심리학에 대한 고찰An Examination of J. H. Leuba's
Psychology of Religious Mysticism with Reference to the Distinction Between the Lower
and the Higher Forms of Mysticism"을 1931년 5월 제출하여 문학석사M.A. 학위

---

53 "제 이십회 대의원회 사업 성적보고: 제 사 편 도미동포", 「신한민보」(1929. 1. 31), 3.
54 선한용, "철마 정경옥 교수의 생애에 대한 재조명", 2.
55 차풍로, "정경옥의 신학과 생활에서 본 인격주의교육", 72, 84.

를 받았다. 이러한 유학 시절을 통하여 특기할 것은 이미 예일대학 교수였던 윌리스턴 워커W. A. Walker의『A History of the Christian Church기독교회사』의 1926년판과 앨런Alexander Viets Griswold Allen이 1883년 저술한 조직신학서인『The Continuity of Christian thought기독교 사상의 연속』을 한국어로 번역했다는 사실이다.[56]

그는 훗날 이러한 미국 유학 시절에 대해 다른 무엇보다 진리를 탐구하는 신학도로서 '글 맛'을 '앎' 통해'암통(暗通)의 지식'이 아닌 '친지(親知)의 지식'을 획득한 시기로 회고하고 있었다.

> 내가 어려서부터 공부하던 것을 생각해 본다 어려서 초등학교를 다닐 때에는 부모나 선생님들이 훈계도 하시고 꾸지람도 하시고 심지어 종아리를 때리시기도 하여서 나는 마지못해서 글을 배웠다. 그러다가 내가 점점 철이 들어서는 내가 앞으로 무슨 벌이라도 하여서 먹고 살 일을 생각하여 좀 더 성의를 가지고 공부를 했다. 부모나 선생이 하라고 하니까 억지로 배워서 얻은 글은 암통의 지식이었다. 그러나 내가 삼십이 거의 다되어 갈 때에 어느 대학에 들어가서 공부를 하게 되었는데, 그때야 비로소 나는 글맛을 알았다. 진리 그것이 참으로 귀하게 보였고, 진리 그것을 붙들려고 마음을 쏟아 보기도 했다. 이렇게 몸을 던져서 모든 것을 잊고 진리를 친히 만나보려고 열중하였을 때에 얻은 지식은 나의 뼈가 되고 살이 되었다. 내가 이제 실제 사회에 나선 후로는 옛적 순진할 때 열성을 잃었다. 그러나 지금도 옛날 그 시대가 그립다. 밤이 지나는 것을 모르고 밥 때를 잊어버리고 진리 그것만을 찾느라고 순정을 쏟던 그 시대가 언제나 다시 돌아오려는가? 나는 그때를

---

56 Chyong Kyong-ok, "An Examination of J. H. Leuba's Psychology of Religious Mysticism with Reference to the Distinction Between the Lower and the Higher Forms of Mysticism", 97.

동경하여 마지 않는다.[57]

57 정경옥, 『그는 이렇게 살았다』 (과천: 삼원서원, 2009), 58-59.

朝鮮國

大韓元年一月一日

織ナル人格ナル青年タクシニトク希望ス

得ノ西洋新ノ學問ク研究シテ将来或ハ故郷ニテ相當ノ習

◎学生父兄諸彦

大ニ學ニ入ラシムヘシト道徳ノ養成ニテ明治十年マテハ

國ニ日本ニ入ル今日迄學ハ日ヨリモ二千万ノ同胞ノ文

自己ノ使用人ヲ株ルヲ目的トシテ二千万ノ同胞ノ文

出迎ヒ大諸君ヲ一般ニ接シテ二千余名ノ留学生

月ヲ見迎シテ日本始ヲ學ヒ何ヨリ大カ十年間ノ

苔坂ニ依リテ朝鮮同胞カ苦信セニ一大好機ノ待

ク二万余ノ修死者ト七万余ノ囚徒着ヲ出シテ做

立テ已成セシムルニ至レリ日本始ノ學シテ何ニ用入ルカ

同ニ希ラノ元少年ノ時代ノ虚延スルナク友友ニ参ノ

神學者 鄭景玉

3장
신학자
정경옥

1930년대 감신교수들과 함께

정경옥과 독서구락부

신학교 연구과 및 전도부인
제1회 수양회를 기념하여(1934. 6. 8)

그는 신학사와 문학석사의 영예로운 학위를 받은 후 상하이를 경유하여 귀국길에 올랐다.[1] 그의 미국에서의 당초 계획은 영국으로 건너가 옥스퍼드 대학에서 박사학위 과정을 계속하여 공부하려는 것이었지만, 결국 선교사들과 한국 교계 지도자들의 귀국하라는 요청에 의해 귀국길에 오르게 된 것이다. 이때 태평양을 건너오면서 배 안에서 발생한 에피소드가 있다.

> 정경옥이 배를 타고 태평양을 건너오던 중 어느 날 마음에 들리는 소리가 있었다. "네 이놈, 네가 개릿 신학교 도서관에서 읽은 책들의 내용을 필기한 노트 열 상자를 믿고 공부를 게을리하려고 하느냐? 이것이 너의 우상이 될 것이다." 이 소리를 들은 후 그는 선원실에 들어가 그 상자를 창고에서 내어 달라고 부탁했다. 선원들이 말을 듣지 않아서, 정경옥은 선장에게 달려가서 사정을 했다. 다행히 내어주어서 열 개의 상자를 전부 태평양 바다에 던져 버렸다. 그래서 정경옥은 자기가 읽은 것을 기록해 둔 노트에 의지하지 않고 늘 새롭게 책을 읽고 연구생활을 하고자 하였다.[2]

이와 같이 그는 당시 한국 사회의 전全 영역에서 학위를 받고 오는 신

---

1 "정경옥씨 금일 환국", 「신한민보」(1931. 6. 25), 1.
2 김영명, 『정경옥: 한국 감리교 신학의 개척자』, 16-17.

3장 신학자 정경옥 47

진 학자들이 증가하고 있는 가운데 비록 박사학위가 아닌 신학사, 문학 석사 학위를 가지고 귀국하였지만 고국에서는 학위를 받아 가지고 왔다는 것만으로도 금의환향이었다.[3] 그는 잠시 1928년 7월 중순 고향에 돌아가 휴식을 취한 후 1931년 가을학기부터 감리교신학교 조직신학 교수로서,[4] 또한 연희전문학교 강사로서[5] 강의했다. 그의 부임은 한국 교계에 하나의 큰 사건이었다. 즉 그는 후리후리한 키에 금테 안경을 쓴 것도 당시 신학생들에게 인상적이었지만 그보다는 신학과 철학 사이를 오가며 그의 '바지저고리' 속에서 나오는 조리 있는 말로 거침없이 설명해 가는 조직신학 강의와 종교철학 강의는 감리교신학교 학생들과 연희전문학교 학생들의 정신을 사로잡기에 충분했다. 이로 인해 그의 해박한 지식과 학문에 대한 진지한 자세, 깊이와 넓이를 겸한 열정적 강의는 한순간에 그로 '명교수'라는 소문을 양산해 내었다.[6] 정경옥의 제자였던 마경일은 교수로서의 정경옥을 당대의 '거물급 신학자'로 평가하고 있다.

> 빌링스 채핀 부인 교장 팀이 부임하고 나서 얼마 지나지 않았을 때에
> 미국 게렛 신학교에서 조직신학을 전공하여 석사학위를 받고 귀국한

3 "학위를 어든 미국류학생들",「동아일보」(1931. 12. 3), 5; 오천석, "미주류학생의 면영",「삼천리」제5권 제3호(1933. 3), 43 참조.

4 "제육회 종교교육대회",「감리회보」제4권 제7호(1936. 7), 2. 김영명,『정경옥: 한국 감리교 신학의 개척자』, 17에서는 1931년 봄을, 이덕주,『이덕주 교수의 한국 영성 새로 보기』, 26에서는 1932년 봄을 주장하고 있으나 이것은 오류로 보인다.

5 정경옥·정지강,『그는 이렇게 살았다 나는 이렇게 외쳤다』, 123에 보면 정경옥은 1939년 4월부터 1940년 4월까지 연희전문학교 종교철학 강사로 봉직한 것으로 기록되고 있으며, 한국감리교회사학회 편,『한국 감리교회를 섬긴 사람들』, 38에 보면 정경옥 교수는 처음 8년간은 오로지 협성신학교에서만 강의하였고 1939년 1년간은 연희전문학교 종교철학 강의까지 겸임, 교수하였다라고 기록해주고 있다. 하지만 "문학사정경옥 씨",「조선일보」(1931. 8. 10), 4에 보면 그는 부임하면서 연희전문학교에 출강하는 것으로 보도하고 있다.

6 한국감리교회사학회 편,『한국 감리교회를 섬긴 사람들』, 38-39 참조.

정경옥 교수가 우리 학교의 조직신학 담당 교수로 부임하게 되었다. 그의 부임은 한국 신학계에 하나의 커다란 사건이었다고도 볼 수 있으나, 나 개인에게 있어서도 매우 중요한 사건이었음을 인정하지 않을 수가 없다. 그 시절만 해도 우리나라의 신학계는 선교사들이 전해 준 기독교 이해를 바탕으로 하여 전통적인 신학 사상의 흐름, 따라서 극히 보수적인 경향의 흐름에 만족하고 있었을 따름이요, 무엇을 따지거나 비판하는 일 따위는 별로 볼 수 없었던 때였다. 그러던 것이 정 교수의 출현으로 인하여 우리 신학계에는 비판적 안목을 지니고 교회와 기독교 신앙을 바라보려는 경향이 싹트기 시작한 것으로 볼 수 있다.

보수 진영을 대표하는 평양신학교 측과 비판 안목으로 이에 맞서려는 서울 감리교신학교 측이 각각 그들 나름대로의 기관 연구지였던 「신학지남」과 「신학 세계」를 통하여 활발한 신학 논쟁을 폈던 일을 우리는 볼 수 있다. 「신학지남」지에는 주로 박형룡 박사가, 「신학세계」지에는 주로 정경옥 교수가 필봉을 휘둘렀었다. 두 분 다 당시의 거물급 신학자로 인정받던 분들이어서, 그들의 한마디 한마디는 자연히 교계에 큰 파문을 일으키는 결과로 번져 간 것은 두말할 필요가 없다.

정경옥 교수의 강의를 들으면서 나는 신학 수업에 대한 새로운 흥미와 관심이 내게서 강하게 싹트기 시작하는 것을 느꼈다. 더구나 그 무렵에 우리나라의 신학계에 새롭게 소개된 바르트와 브루너의 이른바 '위기 신학' 혹은 '변증법적 신학'의 흐름은 매우 강렬하게 나의 가슴을 흔들어 주었다. 주로 일본어 번역관을 읽어야만 했던 것은 아직 우리 국어로 번역된 신학 서적이 별로 없었기 때문이었다. 바르트의 「로마서 강해」라든지 브루너의 「변증법적 신학」이라든지를 위시하여 이른바 신정통파 신학자들의 저서들을 탐독했다. 정경옥 교수로부터 추천받은 책들을 주로 많이 읽은 셈이다.[7]

---

7 마경일, 『길은 멀어도 그 은총 속에』 (서울: 전망사, 1984), 34-35.

'거물급 신학자'였던 정경옥의 출현은 곧 신학도들에게 생각의 일깨움을 통해 비판적인 안목을 키워 주었고, 더 나아가 '바르트 신학'과 '브루너 신학' 등 지금까지 한국에 전혀 알려지지 않았던 세계 신학 흐름에 대한 눈을 뜨게 해 주었다.

정경옥의 또 다른 제자였던 김광우는 교수로서, 신학자로서의 정경옥을 '한국의 보배'로 평하고 있다.

> 정경옥 선생은 당시 한국에서 굴지의 신학자로 신학생들에게 많은 존경을 받았다. 나는 정교수에 사사하여 많은 것을 배웠다. 동창 송정율 목사는 빨트 신학을 연구하면서 나와 신학적 토론을 많이 한 친구이다. 그 역시 정교수를 무척 존경하고 따랐다. 송은 빨트 신학 편에 서고 나는 브루너 신학 편에서 토론을 했다.……
> 참으로 정경옥 교수는 감리교회뿐 아니라 한국교계의 보배라고 할 만한 신학자이었는데 왜정말기에 고생 끝에 병마로 인해 해방의 빛을 못본 채 타계했다. 참 애석한 일이라고 느낀다. 한국 교계에 그만한 학자가 재현되기를 진심으로 바라마지 않는다.[8]

정경옥이 가장 사랑하는 애제자였다고 일컬어지고 있는 송정률은 교수 정경옥에 대하여 최고의 찬사를 아끼지 않고 있다.

> 나는 일생에 있어서 그와 같이 깊이 있고 학생들의 마음을 사로잡는 강의를 들어본 적이 없다. 특히 그가 그리스도의 십자가와 구속의 업적에 대해 강의를 할 때는 그리스도의 구속의 은총에 감격하여 여기저기서 훌쩍이며 우는 학생들까지 있었다.[9]

---

8 김광우, 『나의 목회 반세기』 (서울: 바울서신사, 1984), 36-37.
9 정경옥, 『기독교신학개론』, 10. 이 전집의 23에서도 재차 송정률의 정경옥에 대한 언급

이처럼 정경옥은 교수로서 신학생들에게 '명강의'를 하는 신비감 있는 존재이기도 하였지만 소수의 신학생을 중심한 작은 소그룹을 운영한 친숙한 존재이기도 했다. 즉 김광우는 정경옥이 대여섯 명의 신학생들을 지도하는 독서구락부를 운영한 것으로 밝히고 있다.

> 신학교 생활 중에 가장 인상 깊게 남은 것은 은사 정경옥 교수를 중심으로 5, 6명의 학생들이 가졌던 독서구락부이었다. 송정률, 마경일, 김광우, 윤정선, 주신자, 김순자(?) 등으로 기억된다.
> 정교수의 지도를 따라 각각 읽고 연구할 책의 지정을 받았다. 그리고 일주일에 한 번씩 개인지도를 받았으며 연구하게 했다.
> 나는 영국 Cambridge, King's College의 윤리학Moral Philosophy 교수 W. R. Sorley 박사의 저서 "Moral values and Idea of God" 즉, "도덕적 가치와 신관"이란 책을 가지고 연구를 했다. 나는 이 책을 통하여 많은 것을 배웠다. Sorley 박사는 신칸트파 종교철학자로 그의 사상은 나의 신학적 체계를 수립하는데 많은 도움을 주었다.……
> 나는 쏠리 박사의 저서 "도덕적 가치와 신관"이란 책을 연구하면서 정교수의 지시로 그 사상을 어떻게 소화했는가를 서술해 보라는 명에 따라 Sorley 박사의 사상 개관을 내가 소화한대로 서술해 보았다.
> 「쏠리 박사의 현대종교철학 서설의 개관」이란 제하의 단편논문을 제출했더니 정교수께서 격찬을 하면서 그 논문을 당시 감리교회 「신학세계」에 발표했다.[10]

이러한 독서구락부 모임에 대해 마경일은 김광우와는 달리 상이한 증

을 인용하여 "나의 일생에서 국내에서나 국외에서 정 선생님의 강의와 같은 명 강의를 들어본 일이 없다. 그가 강의할 때 학생들은 황홀경에 빠졌었다"라고 기록하고 있다.
10 같은 책, 36.

언을 했다.

> 그런데 고학년이 되었을 때 나는 친구들과 함께 자진해서 매일 새벽
> 에 일찍 일어나 5,6명이 함께 명상과 기도와 성서 읽기의 시간을 가졌
> 었는데 그 시간이 얼마나 소중하고 즐거웠는지 몰랐다. 그 작은 그룹
> 에는 정경옥 교수도 가끔 함께 참석했다. 누가 설교를 한다든가 하는
> 그런 것이 없고 그냥 조용히 둘러 앉아서 지정된 성서를 읽고 때로는
> 찬송을 부르고 자유롭게 기도도 했다. 이따금 누구든지 특이한 경험
> 을 하였거나 새로운 깨달음이 생겼다고 생각되었을 때에 역시 자유롭
> 게 그것을 회중 앞에 발표하기도 했다.[11]

이 글에서 보는 바와 같이 마경일은 김광우와 달리 이 모임이 독서모임
이라기보다는 신앙모임이었다고 회고하고 있다. 어쨌든 이러한 면모를 통
해 그가 신학생들과 불통하지 않고 소통하려는 교수로서의 참된 자세를
지녔음을 엿볼 수 있다.

더 나아가 그는 학교를 넘어서 한국 교계와 교회에서 개최되는 여러
행사에 자주 초빙을 받아 강연 혹은 설교를 하였는데, 그의 열변은 온 청
중을 사로잡기에 충분했다. 그가 1937년 진도로 내려가기까지의 강연 활
동은 시기적으로 나열하면 아래와 같다.

1) 정경옥은 1931년 9월 중앙교회에서 오전 11시에 비타협의 원리라는
   제하로 일요강화를 했다.[12]
2) 정경옥은 1931년 9월 리문안 중앙교회에서 저녁에 초연신관超然神觀이

---

11 마경일, 『길은 멀어도 그 은총속에』, 39.
12 "일요강화", 「동아일보」 (1931. 9. 13), 7.

라는 제하로 일요강화를 했다.[13]

3) 정경옥은 중앙예배당에서 1931년 10월 20일부터 24일까지 매일 오후 7시부터 추기 종교철학 강좌를 했다.[14]

4) 1931년 12월 9일부터 12일까지 매야 7시부터 종교엡윗청년회에서 주최하고 동아일보사 학예부가 후원한 동기학술대강연회가 개최되었을 때 첫째 날 정경옥은 현대종교사상의 추향이라는 제하로 강연을 했다.[15]

5) 정경옥은 인사동 중앙교회에서 주일 오후 7시에 종교의 기능이라는 제목으로 일요강화를 했다.[16]

6) 정경옥은 인사동 중앙교회에서 주일 오후 7시에 내의 우주관宇宙觀이라는 제목으로 일요강화를 했다.[17]

7) 정경옥은 조선감리회경성지방교역자회에서 감리교신학의 특징이란 제목으로 강설했다.[18]

8) 정경옥은 인사동 중앙교회에서 저녁 8시에 기독교는 무엇이뇨 라는 주제로 강연을 하게 되었다.[19]

9) 정경옥은 인사동 중앙교회에서 낮에 통일과 개성이라는 제하로 일요

---

13 "일요강화", 「동아일보」 (1931. 9. 27), 7.

14 "집회", 「동아일보」 (1931. 10. 22), 7.

15 "동기학술대강연회",「동아일보」(1931. 12. 10), 5; "경종경고비京鍾警高秘 제15169호", 『종교례배당의법청년회 집회취체 상황보고(통보)』 (발송일은 1931년 12월 12일로 발신자는 경성 종로경찰서장이며 수신자는 경무국장이다). http://db.history.go.kr 에 보면 12월 12일부터 16일까지 종교교회 엡윗청년회 주관으로 학술대강연회가 개최되어 300명 정도가 운집한 가운데 정경옥은 현대종교 사상과 동향이라는 주제로 강연을 하였다라고 보고하고 있다.

16 "일요강화", 「동아일보」 (1932. 1. 17), 7.

17 "일요강화", 「동아일보」 (1932. 2. 28), 7.

18 정경옥, "감리교신학의 특징", 「기독신보」 (1932. 5. 11), 2; 정경옥, "감리교신학의 특징", 「기독신보」 (1932. 5. 18), 2.

19 "일요강화", 「동아일보」 (1932. 5. 15), 7.

강화를 했다.[20]

10) 정경옥은 원동苑洞예배당에서 오전 11시 설교를 하게 되었다.[21]

11) 경성협성신학교 관서학생 친목회에서는 1932년 7월 18일과 19일 양
일간 오후 8시 반에 부내 백선행기념관白善行紀念館에서 동아일보사 평
양지국 후원하에 종교대강연회를 개최한 가운데 협성신학교 교수 정
경옥은 종교의 기초사상과 종교의 근본물질이라는 주제로 강연을 했
다.[22]

12) 정경옥은 인사동 중앙교회에서 종교는 어데로라는 제하로 일요강화
했다.[23]

13) 정동제일교회에서 10월 3일부터 8일까지 종교강연회가 6일간 개최된
가운데 정경옥은 신앙의 진의라는 제하로 강연을 했다.[24]

14) 정경옥은 중앙교회에서 오전 11시 종교생활의 진의라는 제하로 일요
강화를 했다.[25]

15) 정경옥은 개릿 신학교 교장이자 구약학자인 에프 씨 아이스렌이 강연
한 것을 번역하여 1932년 감리교 교역자 수양회 때 사명의 진의라는
제하로 강연하였다.[26]

16) 감리교회 평양지방 제1회 남녀청년수양강좌회는 평양부내 남산현 예
배당에서 지난 25일에 종료하였는데, 토의된 문제는 교회와 사회사
업, 현대문명은 어디로 가나, 기독교와 여성운동, 기독교의 장래 등이

---

20 "일요강화", 「동아일보」 (1932. 5. 29), 7.

21 "일요강화", 「동아일보」 (1932. 6. 5), 7.

22 "평양종교강연, 협성신학교 관서친목서", 「동아일보」 (1932. 7. 11), 3.

23 "일요강화", 「동아일보」 (1932. 8. 21), 7.

24 "종교강연회", 「동아일보」 (1932. 10. 4), 7.

25 "일요강화", 「동아일보」 (1932. 11. 13), 7.

26 에프 씨 아이스렌, 정경옥 역, "사명의 진의", 「신학세계」제17권 제6호(1932. 7),
6-9.

고 강사는 오천석, 박인덕, 정경옥 등 3인이었다.[27]

17) 평양 진남포 강서 사리원 4개 지방에 있는 초등학교의 설립자 문요한 박사의 주최로 초등학교교원 종교교육강습회를 해마다 개최하는바 1933년에는 제3회로 12월 26일부터 12월 30일까지 정진여학교에서 80여 명이 참석한 가운데 열리게 되었는데, 정경옥 교수는 기독교의 본질이라는 제하로 강연했다.[28]

18) 정경옥은 1934년 4월 4일부터 8일까지 개최된 동부연회에서 매일 밤 마다 강연을 행했다.[29]

19) 정경옥은 정동교회에서 어머니주일과 기독교문화운동이라는 제하로 일요강화를 했다.[30]

20) 정경옥은 1934년 5월 27일부터 6월 2일까지 매일 저녁 8시에 개최된 상동교회 50주년 기념대전도회에서 이 사람을 보라는 제하로 구령강 설救靈講說을 했다.[31]

21) 정경옥은 중앙교회에서 6월 6일로부터 13일까지 매일 저녁 8시에 선 교 오십주년기념강연회를 개최하였을 때, 8일 저녁 구원의 종교라는 제하로 설교했다.[32]

22) 정경옥은 정동교회에서 기독교조선감리회 50주년을 기념하기 위하 여 6월 11일부터 17일까지 50주년 기념전도대강연회를 개최하였을 때 14일 두 가지 세계라는 제하로 강연을 했다.[33]

---

27 "청년수양강좌회", 「동아일보」 (1933. 8. 27), 4.

28 "초등학교교원 종교교육강습회", 「감리회보」 제2권 제2호(1934. 2), 18.

29 "제사회동부연회소식", 「감리회보」 제2권 제5호(1934. 5), 4.

30 "일요강화", 「동아일보」 (1934. 5. 13), 2.

31 "상동교회오십주년 기념대전도회", 「감리회보」 제2권 제7호(1934. 7), 18.

32 "중앙교회의 기념강연과 부흥회", 같은 곳, 18. 이 소식을 전하면서 「감리회보」에서 는 정경옥에 대하여 목사라는 호칭을 사용하고 있지만 이것은 오류다.

33 "오십년기념전도 정동예배당에서", 「동아일보」 (1934. 6. 13), 2.

23) 정경옥은 1934년 7월 20일부터 27일까지 광주 증심사證心寺에서 모이는 전남노회 종교교육부 주최 하기수양회에 강사로 초청되었다.[34] 이 하기 수양회에 초빙된 강사인 정경옥에 대하여 신학사와 문학사로 소개하고 있다. 그런 가운데 정경옥은 이 하기 수양회를 통해 기독교 신관의 현대적 의의라는 제목으로 하여 ①무신론 비판 ②대용신론비판 代用神論批判 ③불가지론 비판 ④현대유신론의 특징으로 구분하여 강연하였고 또한 기독교의 원리, 기독교의 기초, 기독교의 지위地位, 기독교의 특권特權, 기독교의 사명使命 등을 강연했다.[35]

24) 정경옥은 조선중앙기독교청년회에서 큰 사람이라는 주제로 일요강화를 했다.[36]

25) 정경옥은 광희문 예배당에서 9월 29일부터 10월 4일까지 추기대전도회가 개최되었을 때에 10월 2일 하나님을 믿을 필요라는 제하로 강연을 했다.[37]

26) 석교교회에서 저녁에 정경옥은 되고 싶은 사람이라는 제하로 일요강화를 했다.[38]

27) 중앙기독교청년회에서는 오후 3시에 한마음이라는 제하로 일요강화를 했다.[39]

28) 종교교회에서 오후 7시에 정경옥이 일요강화를 했다.[40]

29) 기독교조선감리회 교육국 주최로 기독교조선감리회 제5회 종교교육

---

34 "인사", 「감리회보」제2권 제8호(1934. 8), 2.

35 "전남노회 하기 수양회", 「기독신보」(1934. 7. 11), 2. 이 소식을 전하면서 「기독신보」역시 정경옥에 대하여 목사라는 호칭을 사용하고 있는데, 이것은 분명한 오류다.

36 "일요강화", 「동아일보」(1935. 6. 2), 2; "일요강화", 「조선중앙일보」(1935. 6. 2), 2.

37 "추기전도회", 「동아일보」(1935. 10. 2), 2.

38 "일요강화", 「동아일보」(1935. 10. 6), 2.

39 "일요강화", 「동아일보」(1935. 10. 27), 2.

40 "일요강화", 「동아일보」(1935. 12. 1), 2.

대회 겸 제1회 목사수양대회를 1935년 7월 25일부터 30일까지 개최
하는 가운데 정경옥은 목사들을 대상으로 현대종교사상의 경향이라
는 제목으로 강연했다.[41]

30) 창천감리교회에서는 주일학교 주최로 시외 연강 일대 여러 교회를 중
심하고 상공업 청년을 위하여 특별히 복음학교라는 이름으로 특별집
회를 1935년 9월 30일로부터 10월 5일까지 매일 저녁 7시 30분에 개
최하였는데 정경옥은 최근기독교사상의 주조라는 제목으로 이틀간
강연했다.[42]

31) 1936년 5월 26일부터 6월 19일까지 감리교신학교에서 개최된 교역자
수양회에서 정경옥은 현대기독교사상이라는 과정을 맡아 교수했다.

32) 전남노회와 광주기독교청연회의 공동주최로 하기 수양회를 1936년
7월 21일부터 1주일동안 전남해수욕장으로 유명한 보성율포에서 개
최하게 될 때 정경옥이 강사로 강연했다.[43]

33) 1936년 7월 28일 저녁부터 8월 4일 저녁까지 외금강 온정리에서 개최
된 제6회 종교교육대회에서 정경옥은 기독교사상의 보수주의와 현
대주의라는 제하로 특별강연을 하게 되었다.[44]

다른 한편, 그는 교수로 취임한 이후 강의와 강연 그리고 설교뿐만 아
니라 논문 집필에도 정열을 기울였다. 그는 감리교신학교 조직신학 전임
강사로 부임한지 얼마 되지 않은 시점인 1932년 「신학세계」에 '종교기원

---

41 "기독교조선감리회 제오회 종교교육대회 제일회 목사수양대회", 「기독신보」(1935.
   7. 24), 7.

42 "상공청년복음학교", 「기독신보」(1935. 10. 2), 5.

43 "보성율포에서 하기수양회", 「동아일보」(1936. 7. 16), 4.

44 "제육회 종교교육대회", 「감리회보」제4권 제6호(1936. 6), 7; "기독교조선감리회 제
   육회 종교교육대회", 「기독신보」(1936. 7. 22), 4; "감리회하기 종교교육대회", 「동
   아일보」(1936. 7. 24), 2.

론의 본질적 비판'이라는 논문을 게재하여 한국 교회에 학자로서의 자신의 존재를 알렸고,[45] 또한 거의 동일한 시기에 한정옥韓延玉이 「동아일보」에 14회에 걸쳐 게재한 "신과 인간생활" 이라는 소논문에 대응하여 교계 신문이 아닌 일반 신문인 「동아일보」에 '한정옥씨의 「신즉사회론神卽社會體」론에 대한 일고—考'라는 제하의 논문을 연재하여 학자로서의 자신의 존재 가치를 한국 사회에까지 알렸다.[46] 이를 필두로 하여 그는 주로 감리교신학교의 교지인 「신학세계」에 1932년부터 1936년까지 5년간 60여 편의 논문을 발표했다. 여기에는 그가 최상현 목사[47]의 뒤를 이어 「신학세계」의 주간을 맡게 된 것도 큰 역할을 한 것으로 보인다.[48] 이외에도 류형기 박사가 주간으로 펴낸 「신생」, 전영택 목사가 발간한 「새사람」, 김재형 목사가 발간한 「부활운동」, 스톡스M. B. Stokes(도마련) 선교사가 발행한 「성화聖火」, 채핀A. B. Chaffin 부인이 편집하던 「우리집」등에 여러 논문과 일기, 수상, 설교 등 다양한 글을 발표했다.[49]

이와 더불어 그는 번역 작업에도 참여했다. 그는 유학시절 이미 번역한

---

45 정경옥, "종교기원론의 본질적비판", 「신학세계」제17권 제1·2합호(1932. 3), 86-98

46 정경옥,"한정옥씨의「신즉사회체」론에 대한 일고",「동아일보」(1932. 3. 19), 5; 정경옥, "한정옥씨의「신즉사회체」론에 대한 일고(全2회)", 「동아일보」(1932. 3. 20), 5; 정경옥, "한정옥씨의「신즉사회체」론에 대한 일고(全3회)", 「동아일보」(1932. 3. 26), 5; 정경옥, "한정옥씨의 「신즉사회체」론에 대한 일고(全4회)" , 「동아일보」 (1932. 3. 31), 5; 정경옥, "한정옥씨의 「신즉사회체」론에 대한 일고(全5회)" , 「동아일보」 (1932. 4. 1), 5; 정경옥 "한정옥씨의 「신즉사회체」론에 대한 일고(全6회)" , 「동아일보」 (1932. 4. 2), 5; 정경옥, "한정옥씨의 「신즉사회체」론에 대한 일고(全7회),"「동아일보」 (1932. 4. 3), 5.

47 그는 1922년부터 「신학세계」 편집부에서 근무하던 중 1932년 5월에 발행된 제17권 제3호부터 「신학세계」 편집 주간을 맡은 이후 1934년 제19권 3호를 끝으로 사정상 「신학세계」 주간을 사임하게 되었는데, 그로부터 그리 오래지 않은 시점인 1936년 감리교회를 떠나 그리스도교회로 옮겨 '환원운동restoration movement'에 본격적으로 참여하게 된다. "편집서언",「신학세계」제17권 제3호(1932. 5), 99; "편집서언",「신학세계」제19권 제3호(1934. 5), 108; 이은대, 『최상현 목사의 사상과 신학』 (서울: 쿰란출판사, 2007), 46.

48 "편집서언", 「신학세계」제19권 제4호(1934. 7), 99 참조.

49 김영명, 『정경옥: 한국 감리교 신학의 개척자』, 19-20.

바 있던 윌리스턴 워커가 저술한 "A History of the Christian Church"를 그가 귀국한 이듬해인 1932년에 출판하였는데,[50] 류형기가 훗날 그의 회고록을 통해 밝히고 있듯이 일제강점기에는 출판의 자유가 없었기 때문에 정작 저자인 정경옥의 이름으로 발행하지 못하고 기이부·류형기 공역으로 출간하게 되었지만 당시 발행한 책 서문을 통해 『기독교사』를 간행하는 데 있어서 정경옥의 공헌을 충분히 인정하고 있었다.[51] 또한 그는 조선 선교 50주년을 기념하기 위해 류형기 목사가 편수한 『아빙돈 단권 성경 주석』 작업에 번역자의 한 사람으로 참여하여 시편하와 사도행전을 번역했다.[52]

그런 가운데 그가 감리교 조직신학자로서 가장 큰 공헌을 한 것은 1930년 새롭게 출발한 '기독교조선감리회'의 신앙고백인 '교리적 선언'을 당시 총리사인 양주삼의 부탁을 받고 그 신학과 신앙의 원리를 강해하여 『기독교의 원리』를 저술하여 발행한 것이다.[53] 이 저서는 박형룡의 『기독교근대난제선평基督敎近代神學亂題選評』, 류형기가 주도하여 발행한 『아빙돈 단권 성경주석』과 더불어 이 시기에 출간된 기념비적인 세 저서 가운데 하나로 손꼽히고 있다.

이러한 교리적 선언과 관련하여 정경옥이 초안자라는 설이 1979년 김철손, 차풍로에 의해 제기되었는데,[54] 이렇게 제기된 교리적 선언의 초안자라는 설은 선한용에 의해서 더욱 구체화되어 제기되고 있다.

50 류형기, 『은총의 팔십오년회상기』 (서울: 한국기독교문화원, 1983), 309.

51 워커, 『기독교사』, 기이부·류형기 공역(경성: 신생사, 1945), 서언.

52 류형기, 『은총의 팔십오년회상기』, 104; 류형기 편저, 『단권 성경주석』 제3판(서울: 신생사, 1945), 473에 보면 정경옥은 시편 78편에서부터 시편 150편까지 번역한 번역자로 기재되어 있으며, 또한 932에 보면 사도행전을 번역한 번역자로 기재되어 있다.

53 이덕주, "자료로 읽는 정경옥의 신학 영성", 『이달의 감리교 인물: 정경옥 교수 추모 기도회 및 강연회』 (감리교신학대학교 역사자료관, 2004), 37.

54 김철손, "정경옥과 성서연구", 「신학과 세계」제5호(1979), 29; 차풍로, "정경옥의 신학과 생활에서 본 인격주의교육", 92.

그는 만년에 광주에서 목회를 하면서 제자들과 함께 성경공부를 같이 했는데 그때 여러 번 정경옥 교수 자신이 "감리교 교리적 선언"은 자기가 미국 게렛 신학교에서 공부할 때 "나의 신조" 71항목 중에서 10가지 항목을 선택하여 초안한 것이었다고 말한 적이 여러 번 있었다고 한다. 물론 이것에 대해 여러 가지 구구한 이론이 있다. 이것에 대해서는 더 역사적인 규명이 필요할 것이라고 생각한다.[55]

하지만 지금까지의 연구 결과는 이들의 주장이 억측에 불과하다는 것이다. 성백걸은 교리적 선언의 초안자에 대하여 거의 단독으로 작성한 듯한 인상을 초래하는 웰치H. Welch 감독의 주장은 수정되어야 한다고[56] 역설하면서 교리적 선언 작성에 구체적으로 참여한 인물로 웰치 이외에 양주삼, 김종우, 홍병선, 이만규 등을 열거[57]하고 있는 반면에, 이덕주는 교리적 선언의 초안자는 류형기의 주장을 근거로 해서 웰치라고 주장하며[58], 영문으로 작성한 웰치의 영문 초안을 양주삼 목사가 한글로 번역하여 합동전권위원회의 '교리적 선언과 헌법(교리와 장정) 제정준비위원회'의 위원들인 김종우, 홍병선 등의 교열과 미감리회 조선주재 감독 베이커J. C. Baker를 비롯한 합동 전권위원회 위원들의 검토 작업을 마친 후 총회에 상정되었다고 역설하고 있다.[59] 이러한 연구 결과로 볼 때 정경옥이 교리

55 선한용, "정경옥 교수의 '기독교신학개론'을 다시 출판하면서", 『기독교신학개론』, 28.

56 Herbert Welch, "The Story of a Creed", Nashiville Christian Advocate(1946. 8. 1), 973-74; Helbert Welch, As I Recall My Past Century(New York: Abingdon press, 1962), 90-92; 성백걸, "기독교조선감리교회와 교리적 선언의 신학적 성격", 『감리교와 역사』제6권 제1호(1997. 3), 28에서 재인용.

57 성백걸, 같은 글, 29.

58 당시 교육국에서 초안 작성과 인쇄 및 합동 총회 때 통역으로 활동하였기에 그만큼 신빙성이 있다고 할 수 있는데, 류형기 목사는 웰치를 교리적 선언의 초안자로 밝히고 있다. 류형기, 『은총의 팔십오년 회상기』, 96.

59 이덕주, "한국 감리교회 신앙과 신학 원리에 대하여: 1930년 '교리적 선언'과 정경옥의

적 선언의 초안자일 개연성은 그만큼 희박하다고 할 수 있을 것이다.

◎ 學大父兄僉位

天州學生乙巳ニ八道ノ各地ニテ朝鮮少年ヲ生シ
國ヲ日本ニ賣ル今貞海選ハ日本治メヲ以テ得ス
自己ノ信用人ヲ作ルヲ日的ニトス二千万国胞ノ文
明進步ヲ防告ヲ八賓ニ階ヘシニ感ノ不知年利
出退ヲ思逃シテ日本拾ヲ早モ何ケ及カ十午間ノ
春政ニ依リ朝鮮同胞力若怕セニ大好胡ヲ得
ヲ二万余ノ除死者ト七万余ノ囚徒者ヲ出レタ故
立テ已成ヒシムルニ乏レヲ日本拾ヲ治シテ何ニ用入レヲ
雨ニ布ヲ元少年ノ時代ノ虚延スルナク家庭ニ終ノ

4장

牧會者 鄭景玉 | 목회자 / 정경옥

제3회 종교교육 강습회 기념

1932년 정경옥은 개릿 신학교 교장이며 구약학자였던 에프 씨 아이스 렌이 강연한 것을 번역하여 "사명의 진의"라는 제하로 감리교 교역자 수 양회 때 강연을 했다.

감리교에서는 하나님의 부르심을 받는다는 것을 믿는다. 교역자란 하 나님의 부르심을 받은 사람이다. 하나님의 사명을 받았다는 신념이 우리 마음에 확실하지 아니할 때에는 여러 가지로 교역자로서의 약점 이 따라오게 될 것이오. 이 믿음이 굳셀 때에는 신중한 정신과 용감한 보조로 여러 가지 어려운 일을 물리치고 나아갈 수 있는 것이다. 교역 자가 되려면 먼저 그의 경험, 성격, 은혜, 신념 등이 어떠한가를 보게 된다. 그리하여서 만일 이러한 점에 합당한 사람이면 그는 하나님의 사명을 받은 사람이라고 할 것이다. 이것이 성신의 감동을 받은 증거 이다.……[1]

이 강연은 강연을 듣는 감리교 교역자들을 향한 것이기도 하였지만 정작 자기 자신을 향한 것이기도 했다. 그는 이 직후인 1933년부터 기독 교조선감리회 목회자가 되기 위한 과정을 시작했다. 그리하여 그가 1933 년 3월 정동교회에서 개최된 제3회 중부연회에서 서리로서 첫 파송을 받 은 곳은 1933년에 신생 독립 구역이 된 이태원구역 및 한강(한남동교회)구역

1 에프 씨 아이스렌 강연, "사명의 진의", 「신학세계」 제17권 제6호(1932. 11), 6.

이었다.[2] 특히 그가 담임하게 된 이태원구역(교회)은 1909년 창립[3]된 가운데 1919년 폐쇄되었다가[4] 몇 년의 세월이 흐른 1922년 재건[5]된 이후 독립구역을 형성하지 못하고 타 구역에 소속되어 있다가 1933년에야 비로소 신생 구역이 되었다.[6] 당시 이태원교회는 정경옥 교수의 명망으로 인해 적지 않은 신학생들이 목회 실습 활동을 한 것으로 추정하고 있는데,[7] 바로 이 시기에 이 교회에서 목회 실습을 한 신학생 중에는 훗날 대한수도원 원장으로 활동한 전진도 있었다.[8]

그런 가운데 이 시기에 그는 감리교신학교 교수 겸 이태원구역 및 한강구역에 서리로 시무하면서 '십자가당 사건'의 증인으로 서게 되었다. 즉 그의 협성신학교 동기동창으로서 춘천지방 홍천서구역 담임자였던 유자훈(유복석)[9]이 주도하여 1933년 4월 19일부터 23일까지 춘천읍 허문리 예배당에서 기독교조선감리회 제3회 동부연회가 개최되었을 때 이 연회 기간을 통해 기독교 사회주의 색채가 짙은 십자가당(크레스토우당)을 감리교

---

2 "기독교조선감리회 중부연회 제3회 임명기", 「감리회보」제1권 제4호(1933. 4), 7; "기독교조선감리회 중부연회 제삼회 임명기", 「기독신보」(1933. 3. 29), 2.

3 이태원교회 100년사 편찬위원회 편, 『이태원교회 100년사』(서울: 기독교대한감리회 이태원교회, 2009), 56-57 참조.

4 같은 책, 64.

5 같은 책, 67.

6 같은 책, 52, 89.

7 같은 책, 90.

8 기독교대한수도원사 출판위원회, 『눈물이 강이 되고 피땀이 옥토되어』(서울: 도서출판 줄과추, 1994), 88, 이 책에 의하면 전진은 1931년 감리교신학교에 입학한 가운데 늑막염으로 휴학한 1934년 이태원 등지에서 목회 실습을 하였다라고 기록하고 있다.

9 유자훈은 독특하게 러시아정교회를 신앙하다가 감리교회로 넘어온 특이한 경력의 소유자다. 그는 정경옥과 마찬가지로 협성신학교에 입학하기 전 YMCA에서 운영한 중앙청년학관의 영어과를 다닌 것으로 진술하고 있다. 국사편찬위원회 편, "유자훈 소행조서", 『한민족독립운동사자료집 48』(과천: 국사편찬위원회, 2001), 77; "유복석 신문조서(이)", 같은 책, 118-19.

회를 중심으로 조직하였는데,[10] 이러한 십자가당은 유자훈이 통할위원, 남천우가 사회사업 겸 교육위원, 이윤석이 전도위원, 이기섭이 회계위원, 김춘강이 장서掌書위원, 송완식, 어인손, 남궁식 등으로 구성했다.[11] 이같은 십자가당을 조직하기 한두 달 전에 유자훈은 신학교 동기로서 서로 마음을 잘 알고 지내었던 감리교신학교 교수이자 이태원구역 및 한강구역 담임자였던 정경옥에게 십자가당의 가입을 권유하는 편지를 보내었고 또한 춘천지방 가평구역 담임자였던 김광호 목사에게는 직접 만날 기회가 있어 가입을 권면했다.[12] 이로 미루어 짐작해 볼 때 유자훈은 정경옥에 대하여 강한 민족주의자로서, 또한 진보적인 신학자로서의 면모를 지닌 인물로 판단한 것 같다. 그렇지만 이러한 기대와는 사뭇 달리 정경옥은 이 당에 가입하지 않았을 뿐만 아니라 이러한 주의에 반대했다.

그런 가운데 십자가당은 일제에 의해 멀지 않아 적발되었는데, 이 당을 주도적으로 만들었던 유자훈은 1933년 11월 20일 십자가당 사건으로 말미암은 치안유지법 위반으로 홍천경찰서에서 조선총독부 강원도 순사였던 신현규申鉉奎에게 신문을 받았다. 그는 신문 과정에서 "자신의 신학교 동기였던 가평읍교회 담임자인 김광호와 감리교신학교 교수인 정경옥에게 가입할 줄 믿고 십자가당에 입당할 것을 권유하였지만, 김광호와 정경옥은 자신의 주의主義에 반대하고 자신들이 부르주아이므로 입당하

<hr />

10 "기독교조선감리회 제삼회 동부연회상황", 「감리회보」제1권 제5호(1933. 5), 4 참조. 이 모임에 대하여 유복석(유자훈)은 검사신문조서인 "유복석 신문조서(제이회)"에서는 자신을 비롯하여 이기섭, 남천우, 남궁식, 이윤석, 김복동(김춘강), 어인손, 송완식 등 8명이 참석하였다고 진술하고 있는 반면에 "유복석 신문조서(제삼회)"에서는 자신을 비롯하여 이윤석, 남천우, 이기섭, 남궁식, 어인손, 송완식 등 7명이 참석했다고 진술하고 있다. 국사편찬위원회 편, 『한민족독립운동사자료집 48』, 120, 191.

11 국사편찬위원회 편, "유자훈 신문조서", 『한민족독립운동사자료집 47』(과천: 국사편찬위원회, 2001), 171.

12 국사편찬위원회 편, "유복석 신문조서(제삼회)", 『한민족독립운동사자료집 48』, 199-200.

지 않겠다고 하여 적지 않게 이들의 정신이 부패한 것을 보고 놀랐다"고 진술하고 있다.[13] 이로 인해 홍천경찰서에서는 1933년 11월 26일 정경옥에 대한 신문 촉탁서를 서대문경찰서에 발송하였고,[14] 정경옥은 1933년 11월 30일 서대문 경찰서에서 도순사였던 좌등말길佐藤末吉로부터 신문을 받았다. 이 신문을 통해 정경옥은 "유자훈에게서 십자가당 가입을 권하는 편지와 이 단체 규약 안을 받았지만 규약 안이 구겨져 있었고 글자도 명확하지 못하여 완전히 읽지도 않고 답장도 보내지 않았으며 더군다나 그 편지와 규약문을 불태웠다"고 진술하고 있다.[15]

그 후 유자훈은 1934년 6월 5일 서대문형무소에서 경성지방법원 예심계 조선총독부 판사였던 중촌문웅增村文雄에게 신문을 받는 가운데 "정경옥에게 십자가당 가입을 권유하는 편지를 보냈으나 답장도 오지 않았다"고 다시 한 번 진술하고 있는데,[16] 그 직후인 1934년 6월 12일 경성지방법원에서 십자가당 사건에 대한 재판을 진행하던 중 정경옥은 신문자인 예심계 조선총독부 판사 증촌문웅 앞에서 재차 증인으로서 진술을 하여 "그 단체에 대해서는 어떤 의견도 없고 더군다나 가입 의사가 전혀 없었다"라고 자신의 입장을 명확히 했다.[17]

이와 같이 십자가당 사건으로 말미암아 증인으로 서는 와중에 그는 서리로 이태원 및 한강 구역에서 1년을 사역한 후 1934년 3월 정동교회에서 개최된 제 4회 중부연회에서 이형재, 최경운, 장석영 등과 함께 준회원 1년으로 허입하게 되었다.[18] 이때 발생했던 에피소드를 그의 제자인 김

---

13 국사편찬위원회 편, "유자훈 신문조서(제이회)", 『한민족독립운동사자료집 47』, 211.

14 국사편찬위원회 편, "증인 정경옥 신문 촉탁서", 『한민족독립운동사자료집 48』, 16.

15 "증인 정경옥 신문조서", 같은 책, 17.

16 국사편찬위원회 편, "유복석 신문조서(제三회)", 『한민족독립운동사자료집 48』, 199-200.

17 "증인 정경옥 신문조서", 같은 책, 226-27.

18 "제사회 중부연회 상황", 「감리회보」제2권 제4호(1934. 4), 6; "조선감리회 제사회

철손은 다음과 같이 전하고 있다.

그런데 그는 아직 목사 안수를 받지 못했기 때문에 신학교에서 강의를 하는 한편 서울에서 가장 가까운 어떤 작은 교회를 담임하고 전도사의 과정을 밟아 연회에서 매해 한 번씩 진급시험을 받게 되었다. 그가 서리 교역자로 있을 때 한번은 연회 자격심사위원 앞에서 심사를 받게 되었다. 정교수의 신원을 전혀 알지 못하는 어떤 심사원이 그에게 묻기를 "당신은 회심의 체험을 한 일이 있습니까"했다. 그때 정교수는 "예, 나는 매일같이 회심의 체험을 하고 있습니다"라고 대답을 했다. 그는 조직신학자로서 정당한 대답을 했다. 그러나 심사위원은 노발대발 하면서 "회심의 체험을 매일 거듭하느냐 특별히 회개하게 된 동기와 어떤 신비 체험을 한 사실을 말해보라"고 하며 야단을 쳤다. 그때 심사위원 중의 한 사람이 그가 현재 신학교 조직신학 교수로 있다는 것을 밝혀주어 겨우 분노를 가라 앉혔다고 한다.[19]

그는 준회원에 허입하면서 담임 목회를 중단하고 감리교신학교 교수로서만 근무하면서 당시 정춘수가 담임으로 있던 경성지방 수표교교회 소속으로 파송을 받게 되었고,[20] 이 교회에서 소속 목회자로 활동했다.[21]

이처럼 비록 그는 감리교신학교 교수로서 전념하기 위해 교회 현장을 떠나기는 하였으나 오히려 목회자로서의 자신을 인식하게 되는 사건들이 연달아 발생했다. 즉 그는 중부연회가 끝난 직후인 1934년 4월 4일부터 8

중부연회", 「기독신보」(1934. 3. 28), 1.

19 김철손, "정경옥과 성서연구", 23-24.

20 이동욱 편, 『기독교조선감리회제사회중부연회회의록』(이동욱, 1934), 28,37,51; "기독교 조선감리회 제사회 중부연회 임명기", 「기독신보」 1934년 3월 28), 4.

21 통고문", 「감리회보」제2권 제12호(12월 1934), 3.

일까지 개최되는 동부연회에 강연을 하기 위해 참석[22] 하였다가 동부연회의 회의를 방청하면서 지금까지 제대로 인식하지 못했던 기독교조선감리회의 그늘진 목회 현장에 대해 새롭게 눈을 뜨고 목양의 중요성도 새삼스럽게 자각하게 되었으며 조선의 복음화에 대한 비전도 다짐하게 되었다.

> 나는 동부연회의 구역에 예상밖에 서리가 많은 것을 보고 놀랐다. 그리고 그 서리로 교회를 담임한 분들이 어려운 교회에서 희생적으로 일하고 열정을 다하여서 교회를 섬기고 있는 것을 감사했다. 그들에게 신학상 수양을 줄 만한 기회를 만들었으면 향촌의 적은 교회에 여간 도움이 되지 아니하겠다고 생각하였다.……
> 동무들이여 힘있게 나가서 일하자. 일하기 위해서 모이는 것이다. 모이는 것이 목적이 아니다. 임원을 선정하는 것이 큰일이 아니오 양을 먹이는 것이 큰일인 것을 우리는 발서부터 깨닷고 있지 아니하였든가. 감리교회 오십주년기념사업을 하자는 것을 기회 삼아서 대중적으로 기독교운동을 하여보자. 주께서 우리와 같이 하실 줄 믿는다.[23]

더 나아가 당대의 명망 있던 부흥 목사인 김종우와의 만남과 사귐을 통해서 목회자의 중요성을 다시 한 번 일깨움도 받게 되었다.

> 언젠가 한번 내가 김목사님과 함께 전남노회에 초빙을 받아 남쪽 바닷물 스치는 모래사장에서 며칠을 지낸 일이 기억된다. 나는 낮 시간을 맡고 그는 저녁집회를 인도했다. 그러나 우리는 한가한 곳

---

22 "제사회동부연회소식", 「감리회보」제2권 제5호(5월 1934), 4.
23 정경옥, "동부연회방청: 감상의 일단", 「신학세계」제19권 제3호(1934. 5·6), 56.

을 찾아가서 이야기할 기회도 있었다. 함께 업대여 기도도 하였다 그는 교회의 현상을 우려하고 우리 교역자가 충성을 다하여 주님을 섬겨야 할 것을 거듭거듭 말씀했다. 나는 지금도 바위 위에 부딪히는 물결소래를 듯는다. 그리고 그의 간곡한 부탁, 나는 아버지 앞에 꿀어 업대여 훈계를 듣는 것과 같이 그의 엄숙한 말슴을 가슴에 삭였었다.[24]

이 시기 그가 목회자로서, 신학자로서, 아니 더 근본적으로 그리스도인으로서 참된 신앙의 자세를 엿보게 해 주는 것은 다름 아닌 '묵상 일기' 혹은 '명상 일기'다. 그는 매일 규칙적으로 성경을 통해 말씀을 묵상하고 그 말씀을 통해 자신의 영적 상태를 점검하고 영적 삶을 다짐하는 일기를 작성하고 있었다.[25]

한편 정경옥은 이 시기에 새로운 교회 개혁운동으로 '조선산'교회인 '기독교조선복음교회'를 태동시킨 최태용 목사의 집회에 참석하며 교분을 나눈 것으로 보인다.

---

24 정경옥, "애도 김종우 감독", 「신학세계」제24권 5호(1939. 10), 21. 전남노회 하기 수양회, 「기독신보」(1934. 7. 11), 2를 볼 때 1934년 7월이 아닌가 사료된다.

25 정경옥, "묵상의 일기", 「신학세계」제19권 제3호(1934. 5·6), 93-102, 108에 보면 1934년 5월부터 6월까지 두달 동안 매일같이 묵상 일기를 작성하고 있다. 그렇지만 정경옥, "묵상의 일기", 「신학세계」제20권 제6호(1935. 12), 61-62; "주간명상 1,"「부활운동」제5권 제1호(1939. 1), 13-16; "주간 명상 2"「부활운동」제5권 제2호(1939. 2), 19-22에 보면 간헐적으로 쓴 묵상 일기를 발표했다. 이를 통해 정경옥은 비록 매일은 아니지만 묵상 일기를 지속적으로 작성한 것이 아닌가 하는 추론이 가능하다, 더군다나 선한용, "철마 정경옥 교수의 생애에 대한 재조명", 12에 보면 "이때 쓴 많은 일기장과 글들이 있는데 대부분 6,25때 다 없어졌다. 내가 신학교 오기 전에 어느 겨울 밤 정우현 박사와 밤을 새우면서 노트에 가득 적은 글을 읽어본 일이 있다. 노트 표지에 적은 제목은 '사랑'이었다. 100쪽 나머지나 되는 노트에 물이 흐르듯이 써 내려간 그의 글은 읽은 도중 그만 둘 수 없어서 밤을 샜다. 그때 받은 인상이 너무 커서 제가 정우현 박사를 만날 때마다 지금도 그 노트를 읽은 이야기를 한다. 참 아까운 글들이라고 생각한다"라고 기록되어 있어 그 신빙성을 확보해 주고 있다.

최태용은 1933년 일본신학교를 졸업한 후에 귀국하여 평소 그가 주장하던 '조선 신학'을 이룩하기 위한 '조선신학숙'을 창립하였으나 뜻대로 되지 않았다. 그래서 한동안 실의에 빠져 성북동 골짜기에서 밤낮으로 기도하는 가운데 새로운 계획을 세우게 되었다. 이것은 하나님께서 '조선 기독교계를 향하여 하신 말씀의 일부분을 이 못난 자식을 통하여'하시고 있음을 확신하였기 때문이다. 그는 다음과 같은 '복음 집회 광고'를 서울 각처에 내붙였다.

복음 집회 광고
강사 최태용
장소 경성부 종로 6정목 210-9
부활사 강당
일시 1933년 9월 3일부터 매주일 오후 2시
(10월 1일부터는 오후 2시 30분)
......

그는 매주일 오후 집회에서 '복음과 교회', '신앙의 생명성', '신앙 대상으로서의 예수 그리스도', '신앙 생활관', '조선인의 죄', '기독자 생애의 표어', '기독교적인 기도', '십자가의 현존'등의 제목으로 말씀을 외쳤다. 당시 교회 개혁의 필요성을 가지고 있던 사람들, 혹은 새로운 신학의 경향을 알고자 하던 사람들이 무수히 모여들어 매회 때마다 초만원을 이루었다.
......

부활사 집회는 대외적으로 그 신앙운동을 소개하고 확신시키려는 목적이 있었다. 이때에 참석한 사람들 가운데는 김교신, 김재준, 정경옥, 송창근 등이 있어 최태용의 설교에 큰 감동을 받게 되었으며, 집회 후에는 으레 다시금 모여 서로 토론하며 우의를 나누기도 했다.

이 글에서 언급하고 있는 것처럼 정경옥은 최태용의 집회에 참석하고 최태용과 교류한 것은 분명해 보이지만 김영명이 위의 글을 근거로 제기하고 있는 것처럼 김교신, 김재준,[26] 송창근 등 진보적인 신학자들이 활발한 교류를 한 '진보신학자'들의 사귐의 공간이나 교류의 공간은 아닌 것으로 판단된다.[27]

이런 가운데 그에게 목회자로서 시련이 찾아오게 되었다. 즉 1935년 4월 경성 정동제일교회에서 개최된 '동부·중부·서부 연합연회'시 어떠한 사유에 의거한 것인지 모르겠지만 준회원 2년급으로 진급하지 못하고 최경운, 장석영 등과 더불어 준회원 1년급을 계속하게 되었다.[28] 이로 인해 이 연회에서 그는 지방과 소속 교회를 변경하여 장락도가 담임 목사로

---

26 김재준의 자서전인 『범용기』에 보면 정경옥에 대한 중앙청년학관에서 영어를 같이 공부했다는 기록 이외에 두 사람간 뚜렷한 교류의 흔적 찾을 수 없어서 매우 아쉬웠는데, 차풍로, "정경옥의 신학과 생활에서 본 인격주의교육", 87에 보면 김재준과 정경옥의 일화 한 편을 전해주고 있다. 나는 이 일화가 김재준이 조선신학원의 설립을 추진하는 과정에서 비롯된 일화라고 추정하는데, 한번은 김재준 목사님께서 "신학교육을 하신다는 것은 어렵지요?"라고 질문했을 때 정교수는 다음과 같이 대답했다고 한다. "현재는 어렵지만 할 만한 일입니다. 지금은 학생들이 아무것도 아닌 것 같으나 가르쳐 보십시오. 그러면 모두가 인재가 될 것입니다"라고 답했다는 것이다. 이를 통해 미래 인재 양성이라는 뚜렷한 목표를 가지고 교육한 교육자로서의 정경옥의 진면목을 보게 된다.

27 김영명, 『정경옥: 한국 감리교 신학의 개척자』, 21-22 참조. 하지만 송창근과 김재준이 유학하고 돌아온 1930년대 초반 송창근과 김재준의 주 활동 무대는 경성이 아닌 평양이었다. 더군다나 송창근은 1936년 봄 이후 부산으로 가게 되고 또한 수양동우회 사건에 연루되어 수감 생활을 하였고, 김재준도 1936년 평양을 떠난 이후 간도로 가게 되었다. 1939년 석방된 송창근과 김재준이 조선신학원 설립 문제로 경성에 오기는 하나 송창근은 이내 대구로 내려가게 되었다. 그러므로 정경옥, 김재준, 송창근 등이 같은 서울 공간 안에 산 것은 1939년 한때로 보인다. 1940년에는 정경옥은 만주로 가고 송창근은 대구에서 김천 황금동교회로 목회를 나가게 되었다. 이로 인해 이들간 활발한 교류를 이루어진 것은 아닌 것으로 사료된다. 만우 송창근선생기념사업회 편, 『만우 송창근』(서울: 선경도서출판사, 1978), 46, 52, 58, 61 참조; 장공 김재준 목사 기념사업회, 『김재준 전집 13: 범용기(1)』, 129-79 참조; 김경재, 『김재준 평전』(서울: 삼인, 2001), 43-66 참조.

28 이동욱 편, 『기독교조선감리회 제오회 동부중부서부연회 회의록』(경성: 기독교조선감리회 총리원, 1935), 39, 87.

있던 경성북지방 원동구역[29]으로 파송을 받았다.[30]

이처럼 원동구역으로 파송을 받은 이후 1937년 개최된 연회에서 준3
년급에 진급되는 것으로 미루어 볼 때 표면적으로 연회 준회원으로 과정
및 자격에 전혀 문제가 될 만한 소지가 없었던 것으로 보인다.[31]

하지만 1936년부터 정경옥은 아예 서울 생활을 청산하고 고향으로 내
려가려는 계획을 가졌다.[32] 이렇게 고향에 내려가려는 원인에 대하여 박
종천은 '와병설'을 제기하고 있다.[33] 그렇지만 그가 고향으로 내려간 이후
에도 그 자신이 고향에만 칩거하지는 않았고 여러 다양한 활동을 전개하
고 있기 때문에 설득력이 약하다고 할 수밖에 없다.

반면에 이덕주는 '영적 위기설'을 제기하고 있다. 당시 '영적 위기'는
단순히 정경옥 자신에게만 제기되는 문제는 아니었다. 전반적으로 조선
교회 자체가 선교 50주년을 맞이하던 1930년대 '복음적 신앙'을 외면하
고 제도화되어 생명력을 상실하고 있었고, 정경옥 역시 이를 직감하고
있었다.

오늘날 조선기독교회의 현상을 볼 때에 뜻있는 사람으로서 이를
우려치 않이 할 수 없는 바이며 어느 때는 그 형세가 악화함을 보

---

29 원동교회의 후신은 계동교회다. 원동교회는 일제강점기 교회 합병 대상이 되어 광
  희문교회, 원동교회, 중곡교회, 석교교회, 서강교회 등이 처분되었다. 그리하여 해방
  후에 계동교회가 설립된 것이다. 김광우, 『빛으로 와서』(서울: 도서출판 탁사, 2002),
  109-10, 164.

30 이동욱 편, 『기독교조선감리회 제오회 동부중부서부연회 회의록』, 57; "감리교회
  연회활요", 「기독신보」(1935. 5. 8), 7.

31 이덕주, 『이덕주 교수의 한국 영성 새로 보기』, 27에 보면 윤리적인 문제로 교수직을
  유지할 수 없었다는 소문까지 돌았다는 기록은 억측으로 사료된다. 왜냐하면 윤리적
  인 문제가 있었다면 교수직뿐만 아니라 결코 당시 목회자 진급을 할 수 없었을 것이다.

32 정경옥, "위기·흠·나", 11

33 박종천, "그는 이렇게 살았다: 정경옥의 복음적 에큐메니컬 신학(1)", 「기독교사상」
  (2002. 7), 155.

고 전연 비관하는 사람까지도 없지 아니하다. 현금 우리 교회는 복음의 근본원칙을 떠나서 사소한 형식에 구이拘泥되여 있으며 기독애를 버리고 편당과 모해를 일삼으며 세속적 이상에 눈이 팔리어 원대한 목표를 잃었다. 물론 오늘날 조선기독교는 반드시 암흑면만을 가지고 있는 것이 아니오 한편으로 건전한 발전과정에 있다할 만한 방면도 없지 아니하다. 그러나 지난 몇해동안 조선기독교회는 기독교인이나 비기독교인의 마음에 일반적으로 자못 음울한 암영을 던져준 것이 사실이요 이것으로 보아 조선기독교회에는 본질적 기독교의 광휘를 엄폐하는 흑운이 떠돌고 있다는 것은 부인하기 어려운 일이다. 따라서 이것을 바로잡아 복음의 참된 빛을 나타내려면 앞으로 상당한 시일과 비상한 노력이 필요할 것이다.[34]

이러한 한국 교회의 전반적인 영적 위기 현상 속에서 정작 그 자신에게도 영적 위기가 찾아왔다. 하지만 그에게 찾아온 영적 위기는 당시 한국 교회 목회자들과 교인들이 겪었던 영적 위기와는 그 성격을 달리하고 있었다. 다시 말해 당시 대다수 한국 교회 목회자들과 교인들이 겪었던 영적 위기는 교권화, 제도화에 함몰된 가운데 찾아오게 되었고, 더군다나 이러한 영적 위기에 그들은 마치 문둥병에 걸린 환자처럼 둔감했다면 정경옥이 겪었던 영적 위기는 '이상과 현실'의 갈등에서 발생한 괴리감, 수레바퀴처럼 돌아가는 반복적인 일상생활의 '타성과 극복'의 충돌에서 발생한 무력감에서 비롯된 것이었고, 이렇게 자기 자신에게 찾아온 영적 위기에 대해 정경옥은 민감하게 반응하였다는 것이다.

지난 오,육년 동안의 서울생활
이것은 지금 누구에게 이야기할 것도 되지 못한다 짧다면 짧고 길다

---

34 정경옥, "생명운동의 제창-조선기독교의 장래", 「새사람」제6집(6월 1937), 17-18.

면 긴 오,육년 동안에 별별 기괴한 일을 많이 보기도 하였고 또 나 자신이 당하기도 했다. 이것이 경이驚異 이외에 다른 것이 아니었다. 한마디로 말하자면 내가 책상에서 배웠든 이상주의와 사회현실에서 맛보는 현실과의 충돌이었다. 내가 맛본 그 현실이 너무나 복잡하고 비열한 것이어서 기독교의 액면 가치와 실제 가치 사이에 현격한 차이가 있다는 것을 새삼스럽게 느끼게 된 것이다.

이 충돌이 마침내 내게 있어서 불안의 암영을 던져주는 계기가 되었고 이 불안의 상태에서 위기의 경험으로 나를 몰아주었다. 사람은 자기의 현재에 대한 불안과 위협이 있을 때에 자아의 총괄적 비판을 할 수 밖에 없는 경향을 가지게 된다. 나는 과거 오육년 동안에 이 불안과 위협과 위기를 양성하는 도정을 밟아왔든 것이다.

신학교에서 교편을 잡은 지 5, 6년 동안에 나는 무엇을 하였는가. 봄이 되면 봄 과정을, 가을이 되면 가을 과정을, 그리고 겨울이 되면 겨울 과정을 해마다 같은 노트에 같은 방법으로 기계를 틀어 놓은 것 같은 강의를 반복하는 동안에 해마다 말은 자라나 생명은 죽어서 스스로 독서도 하지 않고 연구도 끊치고 생활에 반성이 없으며 창작력이 진했다. 날마다 사는 것이 외부에 있어서 광대하고 내면에 있어서 외축하는 생활이었다. 나의 영은 나날이 황폐의 도정을 밟고 있었다. 기도를 하여도 마음속에서 솟아 나오는 기도가 아니었고, 노래를 불러도 혼이 들어있는 노래가 아니었다. 이것이 끝없이 괴로웠다. 누가 무어라고 말하는 이는 없으나 나로서는 쓴잔을 마시는 것같이 괴로웠다. 내 몸이 세상에 알려지고 칭찬하는 소리를 들을 때마다 나는 더욱 괴로웠던 것이다.[35]

여기에다가 그를 더욱 힘들고 괴롭게 만들었던 것은 그 주변인들과의

35 정경옥, "위기·흙·나", 11-12.

인간관계였다. 친구보다 원수가 늘어나는 세상이 그를 지치고 힘들게 했다.

> 나는 장차 어디를 향하여 가려는가
> 내게는 친구도 있고 원수도 있다. 본래 이런 것 저런 것이 있을리 없지만 세상에 살아갈수록 이런 것이 자꾸만 생겨나고 말았다.
> 친구, 원수, 이것이 나를 기쁘게도 하였고 괴롭게도 했다. 나는 오늘날까지 참된 친구를 얻으려고 헤매었다. 그러나 친구가 내게 많아질수록 원수는 그보다 배나 더 불어났다.
> 나의 친구들이여, 나는 그대들의 친구가 될 만한 인물이 아니다. 나는 불행히 죄와 허물에서 떠난 성자가 아니다. 감각의 노예가 되어 해방을 애원하나 스스로 벗어날 힘이 없는 가장 약한 인간이다. 같은 인간으로서 동정과 이해와 사랑으로 대하지 아니하면 나는 친구될 만한 물건이 되지 못한다. 친구들이여, 내게 무슨 허물이 있든지 용서할 수 없는 것이 없을 것이다. 이 세상에서 사람끼리 용서할 수 없으리만치 중대한 허물이 어디 있겠는가.
> 내가 원수진 이들이여, 내가 여러분의 체면과 이권을 침해한 것이 있거든 인간답게 잊어버려 주기를 바란다. 나는 벌써 다른 사람과 이권을 다툴 만한 용기를 잃었노라. 그대들에게 배상할 길이 있다면 나 전체를 바치려 하노라. 일생이 짧은 것이요, 사귐이 귀한 것이어늘 하필 얼굴을 붉히며 독을 올려가지고 살 것이 무엇인가.[36]

결국 이러한 복합적인 요인들이 그로 하여금 낙향을 선택하게 했다. 그의 원래 계획은 완전히 서울 생활을 청산하려고 하는 것이지만 그마저 그의 뜻대로 되지 않았다. 정경옥의 낙향에 대하여 가장 널리 표면적으

---

36 같은 글, 16-17.

로 밝혀진 이유는 가정 사정 때문이었다. 여기에는 빌링스 교장의 중재노력이 크게 작용한 것으로 보인다. 빌링스 교장은 정경옥 교수가 고향으로 내려가는 것을 만류하다가 결국 이것이 여의치 않게 되자 정 교수와 합의하여 표면적으로 내세운 것이 '가정 사정'으로 인한 '휴직'이었다. 그리하여 빌링스 교장은 1937년 2월 15일 오후 3시부터 5시까지 경성 죽첨정 여자신학교에서 신학교 정기이사회로 모이게 되었을 때 정 교수 문제를 일단락지었다.

> 교수 정경옥씨는 가정의 사정으로 인하여 고향에 가게 되는데 일년
> 간 휴직케 하자는 교장의 제안을 허락하였음[37]

이렇게 그가 가정 사정으로 인해 휴직하고 고향에 내려가는 것은 교계신문인 「기독신보」에까지 게재되었다.

> 정경옥씨(감리교신학교 교수) 가정의 사정으로 일년간 휴직하기로 되여
> 진도고향에서 휴양할터이다[38]

그렇지만 정경옥은 1937년 3월에 휴직이 보도된 직후에 곧바로 고향으로 내려가지 않은 것으로 보인다. 그는 1937년 4월 7일부터 13일까지 제6회 중부연회가 개최되었을 때 중부연회에 참석한 가운데 준 3년급으로 진급했다.[39] 그런데, 김영명은 이 중부 연회에서 준회원 과정을 끝내고 목사 안수를 받은 것으로 진술하고 있다.[40] 하지만 이 연회에서 정경옥은

37 "감리교회신학교 소식", 「감리회보」제5권 제5호(1937. 3), 1.
38 "인사", 「기독신보」(1937. 3. 31), 1.
39 이동욱 편, 『기독교조선감리회 제육회 중부연회 회의록』 (경성: 기독교조선감리회 총리원, 1937), 22, 29-30, 55.
40 김영명, 『정경옥의 생애와 신학연구』, 41.

목사 안수자로 천거되지도 않았을 뿐만 아니라 목사 안수를 받지 않았다.[41] 당시 그는 목사 안수를 받을 수 있는 자격 조건을 구비하지 못한 상황이었다. 즉 1930년 기독교조선감리회가 태동된 이후 처음 제정된 '기독교조선감리회 교리와 장정Discipline of the Korean Methodist Church'에 의하면 목사로 안수 받을 수 있는 자격을 다음과 같이 규정하고 있다.

> 년회준회원으로 4년간 계속하여 연회파송을 받아 일을 잘한 이
> 총회에서 목사품에 대하여 제정한 과정을 마치고 시험에 급제한 이
> 년회자격조사위원의 천거에 의하여 년회에서 무기명투표의 다수로
> 가결된 이[42]

더군다나 1934년 기독교조선감리회 제2회 총회시 전통적으로 매년마다 개최하는 연회를 매 2년마다 개최하는 것으로 변경하는 바람에 목사 안수역시 2년마다 이루어졌는데, 정경옥은 연회 준회원으로서의 파송기간이 부족하여 안수를 받을 수 있는 상황이 아니었다.

그런 가운데 그는 이 연회에서 경성북지방 원동구역에 담임자로 파송을 받았다.[43] 재차 구역 담임을 할 수 있는 값진 기회가 정경옥에게 주어진 것이다. 더군다나 이 원동구역에는 감리교신학교 신약학 교수였던 노리스J. M. Norris(나리수) 선교사가 협력자로 파송되었다. 이 같은 원동구역에 정경옥이 파송을 받았지만 그는 원동교회에서 담임 목회자로 사역을 하

---

41 이동욱 편, 『기독교조선감리회 제육회 중부연회 회의록』, 32, 56.

42 기이부 편, 『기독교조선감리회 교리와 장정』 (경성: 기독교조선감리회 총리원 교육국, 1931), 57-58

43 이동욱 편, 『기독교조선감리회 제육회 중부연회 회의록』, 37. 당시 원동구역 안에 삼청동과 궁정동교회가 속해 있었으나 1937년에는 삼청교회와 궁정교회에는 김진호가 파송되어 활동했다. 이덕주, 『삼청교회 90년사』 (서울: 삼청교회, 2001), 146; 이성삼, 『궁정교회 팔십년사』 (서울: 기독교대한감리회 궁정교회, 1991), 348 참조.

지 않고 서울 생활을 청산한 채 고향인 진도로 내려갔다. 이처럼 그는 목회가 아닌 낙향을 선택함으로 인해 감리교 목회자로서 목사 안수를 받을 수 있는 기회를 영영 상실하게 되는 계기가 되었다.[44]

---

44 "중앙교회의 기념강연과 부흥회", 「감리회보」제2권 제7호(1934. 7), 18; "전남노회 하기 수양회", 「기독신보」 (1934. 7. 11), 2와 같이 교계 신문에서 두 차례에 걸쳐 목사 라는 호칭을 정경옥에게 사용하고 있고, "보성율포에서 하기수양회", 「동아일보」(1936. 7. 16), 4에 보면 전남노회 수양회 때에도 역시 정경옥 목사라고 표기하고 있는데, 이것 은 오류다. 그는 이 시기에 목사 안수를 받지 않았다. 더군다나 "추기전도회", 「동아일 보」 (1935. 10. 2), 2에 보면 다른 사람에게는 목사라는 호칭을 사용하고 있으나 정경옥 에 대하여는 선생으로 표기하고 있다.

大韓元年一月一日

月ノ西洋新暦同ク研究レテ何卒敬拝シテ相当ヤブ
琉ブル人格ブル青年タクン ニナク希望ス

神郷國

◎学友父兄諸彦

...（以下判読困難）

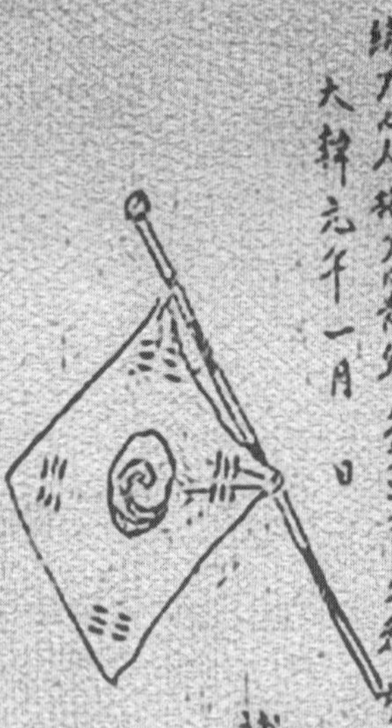

5장

自由人 鄭景玉

자유인
정경옥

정지강에 의해 발행된 「그는 이렇게 살았다」 (좌:첫번째, 중:두번째, 우:세번째)

이준직에 의해 발행된
「그는 이렇게 살았다」

정경옥 저작전집 안에
「그는 이렇게 살았다」

김영명에 의해 발행된
「그는 이렇게 살았다」

전남노회록(1938)
전남노회시 강사 초빙된 정경옥 「그는 이렇게 살았다」로 설교

그는 복잡하고 분주하였던 서울을 떠나 그가 태어나서 성장한 고향에 찾아갔다. 그가 찾아간 고향 산천은 변함이 없었다. 그는 고향 생활을 통해 일시적으로나마 '복잡'에서 벗어나 '단순'을 추구하는 '흙의 사람'이 되었다.

나는 향교 밑 서문 거리에 산다. 얼마 내려가지 아니하여서 바닷물 스치는 곳에 괴정이 있고 북으로는 병풍을 둘러친 것과 같은 철마산이 솟아 있다. 동네 옆으로 순천내란 개울이 있으나 날이 가물면 물이 마르고 만다.

나는 어려서부터 이 마을에서 자라났다. 이 마을이야말로 나의 요람이다. 이 마을과 나는 영원히 끊을 수 없는 정서로 매어져 있다.

내가 이 마을을 찾아온 후로 나의 생활은 극히 단순하다. 복잡한 세상에서 단순을 가질 수 있는 흙의 사람이 된 것만으로도 기쁘다.

노동하는 것, 세끼 밥 먹는 것, 밤이면 잠자는 것 이런 것 밖에는 아무런 원망도 공명심도 없이 운명을 달게 받고 그날 그날을 즐기는 단순한 생활이 그 얼마나 거룩한가. 자동차를 타고 먼지를 피우며 거리로 달리는 것보다 꽃피고 새노래하는 들길을 한거름 뜨벅 뜨벅 거러보는 것이 얼마나 깨끗하고 엄숙한가.

어제는 종일토록 바닷가에서 조개를 주었다. 어린애와 같이 단순한 마음으로 노래도 부르고 뛰기도 했다.

이 세대는 목표도 없이 밧브게 서둘기만하는 것 같다. 복잡하게 늘 어놓기만 하고 통일도 조화도 조직도 없다. 누구나 힘은 적게 드리고 이익은 많이 얻으려고 한다. 그렇기 때문에 법을 따지고 권리를 다투고 원수를 맺는다. 여기에서 감각한 발달하야 성화되고 영은 시드러 멸시를 당한다.

나는 아무런 비밀도 술책도 비방도 조롱도 가장도 외화도 없는 이 마을의 생활을 숭경한다. 이제 밤에는 물뿍을 걸레질처서 마즈막밥을 주어 누에를 올렸고 오늘은 향교앞 일곱마지기 보리를 비였다.[1]

하지만 복잡을 떠나 단순한 삶을 즐긴 시간은 그리 길지 못했다. 그는 고향에 내려왔지만 소돔과 고모라를 뒤돌아 보았던 롯의 아내처럼 서울에 대한 미련을 떨쳐 버리지 못하고 있었다. 더군다나 천생 신학자로서 그는 집필 활동을 하고 있었으며,[2] 또한 목회자로서 교파를 초월해서 지역 교회를 순방할 계획까지 세워놓고 있었다.

지금은 평소에 연구한 재료를 수집하여서 저서著書에 전력하고 있습니다.

간혹 지방교회를 순회해볼 기회도 찾아보고 있습니다. 앞으로 끊임없는 지도를 바라고 있습니다. 서울계신 친구들이 그립습니다.[3]

---

1 정경옥, "위·흙·나", 13-14.

2 그는 낙향한 해인 1937년「새사람」에 기고도 했지만 특히 1939년 발간된 『기독교신학개론』 집필에 천착했다. "서론,"『기독교신학개론』 (경성: 감리교회신학교, 1939)에 보면 그는 "지난 2년 동안 내가 학교를 떠나 고요한 다도해의 한 지역에서 쉬게 된 것을 기회로 삼아 그동안 학교에서 강의했던 재료를 손질해서 기독교신학개론을 쓰게 되었다"라고 밝히고 있다.

3 정경옥, "죄많은 이 몸을 창해에 맑게 씻어", 「새사람」제5집(1937. 5), 48.

그런 가운데 고향에서 칩거[4]하고 있던 그를 다시 '섬나라' 밖 세상으로 이끌어 낸 것은 이세종이었다. 정경옥은 고향에 내려온 지 얼마 되지 않는 시점에 전남 화순군 도암면 등광리에 기거하고 있던 이세종에 대한 소문을 듣고 고향을 떠나 그를 직접 찾아가 만났다. 정경옥이 꿈속에서 조차 본 이 세상은 그야말로 물질에 의해서 좌지우지되는 세상이었다.[5]

괴물의 저울- 협성신학교 교수 정경옥 선생의 꿈 이야기를 기록한다. 한 이상한 괴물이 저울을 잡았는대 온 세상 인류가 다 그 밑에 가서 그 저울에 달려 가지고 꼬리표를 달고 나오는대 오원 백원 천원까지 등급을 매겼다. 이 저울에 달리는 인류들이 좋아하는 자도 있고 슬혀하는 자도 있고 정신없이 구경만 하는 자도 있는대 원 불원을 불게하고 인류 전부가 이 저울에 달려서 평가를 정해 주는대로 행세를 하더란다. 이 꿈은 현금 이십세기 문명은 인격을 물질 즉 금전으로 환산하는 전형이라고 한다. 고귀한 인생에 가치는 금전에 가

---

4 그가 주로 진도에 기거하였던 1937년과 1938년 당시 진도 지역에는 여섯 교회와 한 개의 기도처가 있었다. 그 가운데서도 진도 지역에 있던 조직 교회로는 허경언이 장로로 있었던 진도(혹은 진도남) 교회와 김맹환, 정경숙이 장로로 있었던 진도 군내면 분토교회였는데, 1937년 당시 진도교회에는 교역자가 없었고 이순영이 분토교회 담임 교역자로 있었지만 1938년에는 진도교회와 분토교회 두 교회 모두 담임 교역자가 없었다. 그 후인 1939년 분토교회에서는 김주환金周煥을 담임자로 모시게 되었다. 또한 미조직교회로는 진도 고군면 오산리 소재 오산五山교회와 진도군 의신면 금갑리 소재 금갑金甲교회와 의신면 칠전리 소재 칠전七田교회, 의신면 옥대리 소재 옥대玉垈교회가 있었다. 이 외에 임회면 용호리 용호龍虎 기도처가 있었다. 주형옥 편, 『조선예수교장로회 제29회 전남노회록』(주형옥방, 1937), 47; 주형옥 편, 『조선예수교장로회 제30회 전남노회록』(주형옥 방, 1938) 40, 42, 46; 주형옥 편, 『조선예수교장로회 제31회 전남노회록』(주형옥 방, 1939), 8 참조. 특히 정경옥은 고향에 기거할 때 자신의 고향 교회인 진도(진도남)교회에서 헌신 봉사하였는데, "진도중앙교회 연혁", 4 에는 정경옥이 고향에 기거할 때 신복균 전도사가 시무한 것으로 나와 있으나『조선예수교장로회 제29회 전남노회록』, 46; 『조선예수교 장로회 제30회 전남노회록』, 40에 보면 당시 신복균은 완도군 신지면 대곡리로 주소가 되어 있었다.

5 김정현, 『강대보고 제2집』 (경성: 강대사, 1934), 37-38.

치로 표준한다. 사람을 볼 때에 인격과 도덕엔 여하를 보지 않고 금전 수입에 여하로 가치를 정해본다.(눅 18:12-13)

이같은 물질이 좌지우지하는 세상 속에서 물질을 초월하여 살고 있던 '숨은 성자'인 이세종을 찾아가 만난 그는 이세종에 대하여 '조선의 성자'라 명명하여 세상에 내어놓았다.

이제 기독교는 막다른 골목에 다다랐다.
이러한 위기를 당하여 우리는 이공李公과 같은 인물을 가졌다는 것이 무엇보다 기쁘다고 할 것이다. 그는 과연 자기를 이긴 사람이요, 참된 사랑의 사도이다. 그에게는 깐듸의 정책도 없고, 싼다싱의 이론도 없고 내촌씨의 지식도 없다. 그러나 나는 깐듸보다도 싼당싱보다도 내촌씨보다도 이공의 인물을 숭경하여 마지 아니한다. 나는 이러한 위인들보다 그를 이 세상에 자랑하고 싶다. 물론 그는 설교가도 아니오 신학자도 아니오 경리가도 아니오 사업가도 아니다. 그러나 나는 오히려 그의 가장없는 인물을 존경한다.……
기자는 길거리에서 그와 손목을 나누었다. 그는 걸인이라고 밖에 더 볼수가 없다. 구멍뚜러진 모자, 누덕이 베옷, 해여진 고무신, 모두가 거지보다 나을 것이 없다.
공은 여전히 부드러운 목소래로 뚜덤 뚜덤 힘을 드려서 내게 말했다. 자기는 기억력이 부족하여서 한번 본 사람을 어데서 다시 만나드라도 무심히 지나치는 때가 많으니 언제든지 다시 맛나거든 먼저 아는 체 하여 주기를 바란다는 것이었다.
그는 정을 구하고 친구를 찾는다. 공은 의지의 사람이면서 정의 인물이다. 그러나 이 것칠고 쓸쓸한 세상에서 공의 친구가 되어줄 사람이 과연 얼마나될가?

나는 길모퉁이로 사라지는 그의 뒷모양을 물그럼이 바라보고 서 있었다.

신앙은 고독이 여니 성자의 길이 외로울진저.[6]

이처럼 그가 조선 성자[7]에 관심을 갖게 된 것은 당시 교권화되고 제도화된 교회 풍조와 매우 밀접한 상관 관계를 가지고 있었다. 그는 고향으로 내려가기 전에도 전주 서문밖교회 담임자였던 배은희 목사가 저술하여 간행한『조선성자 방애인양 소전』[8]을 탐독한 이후 방애인의 죽음을 깊이 애도하고 있었는데, 그가 그녀의 죽음을 오랫동안 애도한 이유는 당시 한국사회, 한국 교회에서 실종되어 버린 사랑을 실천한 '사랑의 사도'였기 때문이었다.[9]

그는 자신이 '조선의 성자'라 칭하였던 이세종과의 만남을 계기로 하여 자기 자신의 삶에도 변화가 찾아왔다. 즉 농민들과 거지들과도 어울리게 되었던 것이다.

---

6 정경옥, "숨은 성자를 찾어", 「새사람」 7집(1937. 7), 30-37 참조; 「기독신보」의 마지막 발간일자인 「기독신보」 (1937. 7. 21), 4에 보면 「새사람」에 실린 정경옥의 글인 "숨은 성자를 찾아서"가 소개되고 있다.

7 내가 파악한 바로는 '조선의 성자'라 일컬음을 받은 최초의 한국 목회자 가운데 한 분은 정경옥의 협성신학교 재학시절 은사이기도 하였던 최병헌으로 사료된다. 당시 협성신학교 교장이었던 케이블 선교사는 그의 별세 후 최병헌에 대하여 "최형제는 진실로 참된 성자였다Brother Choi was indeed a real saint"고 평가한 바 있다. 그가 성자인 이유에 대하여 단 한마디로 함축하여 "그는 그가 가르친 대로 살았다He lived as he preached"라는 것이었다. *Minutes of the Korea Annual Conference of the Methodist Episcopal Church*(1927), 368; 송길섭, 『일제하 삼대성좌』 (서울: 성광문화사, 1982), 127.

8 "배은희 목사 방애인 소전", 「기독신보」 (1934. 2. 14), 5. 배은희는 『조선성자 방애인 소전』 (전주: 전주유치원, 1934) 을 간행한 바 있는데, 당시 초판이 나온 지 얼마 되지 않은 시점에 재판을 발행한 것으로 보아 당시 상당한 반향을 불러일으킨 것으로 보인다. 한인수는 이러한 『조선성자 방애인 소전』을 한인수 편저, 『한국초대교회 성도들의 영성』 (서울: 도서출판 경건, 2006), 149-96에 부록으로 실고 있다.

9 정경옥, 『그는 이렇게 살았다』 (삼원서원), 112-15 참조.

감리교 신학교를 그만두고 진도에 내려와 계셨을 때 정경옥 교수와 그의 부친 사이는 아주 나빴다. 특히 관직에 있는 둘째 아들과 비교하며 미국 유학까지 마치고 온 큰아들이 교수하다가 진도에 내려와 농민들, 거지들과 같이 지내며 시간을 보낸다고 몹시 꾸지람을 했다고 한다.[10]

그러한 중에 그는 고향에만 머물러 있지 아니하고 세상 밖으로 나와 글을 기고하려고 하기도 하고[11] 자유롭게 강연 활동과 설교를 하기 위해 이곳저곳을 돌아다니는 '자유인'이 되었다. 일단 그는 그에게 '영적 위기'를 조성해 주었던 서울에도 1937년 11월에 올라가 중앙교회에서 주일 저녁에 "생명의 희생"이라는 제하로 일요강화를 행하기도 했다.[12]

그 후 그는 1938년 5월 6일부터 10일까지 목포 양동교회에서 개최되었던 제30회 조선예수교장로회 전남노회에 강사로 초빙되어 매일 아침 경건회 시간을 통해 설교도 했다.[13]

5월 7일(토)

동 10시에 경건회 시간이 되매 회장의 찬송가 5장과 김태호 목사의

---

10 선한용, "철마 정경옥 교수의 생애에 대한 재조명", 12. 차풍로, "정경옥의 신학과 생활에서 본 인격주의교육", 88에 보면 정경옥은 더 나아가 하인이든지, 무당이든지 간에 누구에게나 존대해 주었다고 한다.

11 이호빈 편, 「예수」(1938. 2), 40에 보면 "정경옥 교수도 매호에 원고를 주시기로 약속하셨으며 앞으로 내용이 더욱 재미나게 될 터입니다"라는 기록으로 볼 때 정경옥 교수는 자신의 신학교 동기인 이용도에 의해 설립된 예수교회의 기관지인 「예수」에 연재하겠다는 약속을 하였으나 실현되지는 못했다. 홍승표, "정경옥 목사가 꿈꾼 한국 교회: 그의 삶과 교회관을 중심으로", 『2010년 수표교회 교회 포럼: '정경옥 목사, 오늘의 한국 교회에 말을 걸다'』(2010. 10. 24), 9-10에 보면 정경옥이 「예수」에 연재하지 못한 상황에 대하여 몇 가지 가설을 추측하여 제시하고 있다.

12 "일요강화", 「동아일보」(1937. 11. 14), 2.

13 주형옥 편저, 『조선예수교장로회 전남노회 제30회록』(주형옥 방, 1938), 30.

기도와 정경옥 목사가 로마서 11:33-36 봉독하고 현대와 기독교란
제목으로 강도하고 회장이 기도한 후 동 열시 사십분에 필하다.[14]

5월 9일(월)

동 10시에 회장의 사회로 찬송 6장과 최병준 목사의 기도와 정경옥
목사가 성경 요한일서 1:1-4 봉독하고 현대와 그리스도교회란 제목
으로 강도하고 회장의 기도로 동 10시 40분에 필하다.[15]

5월 10일(화)

동 열시부터 찬송 20장과 유기섭 목사가 기도하고 정경옥 목사가 성
경 마태복음 7:28-29 봉독하고 현대와 교역자란 제목으로 강도하
고 기도로 동 10시 40분에 필하다.[16]

이 전남노회록에서 한 가지 특기할 만한 것은 정경옥이 목사 안수를
받지 않았음에도 불구하고 정경옥을 계속해서 목사로 호칭하고 있다는
점인데, 노회록이 오기된 것인지 아니면 정경옥이 불가피한 상황 속에서
목사로 호칭한 것인지가 불분명하다. 아무튼 이 노회에서는 다른 무엇보
다 정경옥이 고향에 머물던 시기 진도 분토교회를 담임한 바 있던 이순
영과 자신의 진도 친구인 박석현이 목사 안수를 받는 기쁨에 함께하기도
했다.[17]

이러한 그의 설교 및 강연 활동은 평양에서도 이루어졌는데, 바로 이
평양에서의 강연회를 통하여 『그는 이러케 살엇다』라는 그의 명저가 출

---

14 같은 책, 8.
15 같은 책, 15.
16 같은 책, 19.
17 같은 책, 20.

간될 수 있는 계기가 마련되었다. 그렇지만 이 책의 출간과 관련하여 그가 평양 어디에서 행한 강연 원고인지에 대해서는 아직까지 그 의견이 분분한 상황이다. 즉 그의 연합 광주교회 시무시절 부목사를 지내었던 성갑식은 평양 남산 감리교교역자 회의 때 강연한 원고라고 하고,[18] 홍현설은 평양 남산현교회의 특별집회에서 행한 원고라고 하며,[19] 윤성범을 비롯한 몇몇은 광성고보에서 강연한 원고라고 주장하고 있다.[20] 이에 아예 윤춘병은 평양에서 다섯 번 설교를 한 것이라고 한다.[21]

어쨌든, 이 강연 원고는 정지강이 운영한 기독교 사회사업기관인 애린원을 위해 아무런 댓가 없이 제공되어 사회사업애린원에서 정지강에 의해 1938년『그는 이러케 살엇다』라는 제목으로 초판본이 출간되었다.[22]

이렇게 출간된 이 책의 성격에 대하여 크게 두 가지로 대별되고 있다. 이 책을 세 번[23]에 걸쳐 간행한 바 있던 정지강은 설교집으로 규정짓고 있는데, 동일한 맥락에서 장병욱은 한국 최초로 시도된 "신학적 설교집"으로 규정하고 있고,[24] 김철손도 이 책은 '그의 산 설교이며 웅변적인 교훈'

---

18 성갑식, 『하나님의 나라와 하나님의 선교』 (서울: 대한기독교서회, 2004), 44에 보면 성갑식은 그는 이렇게 살았다라는 타이틀은 니체의 '이 사람을 보라'에서 정한 것 같다고 했다.

19 정경옥·정지강, 『그는 이렇게 살았다 그는 이렇게 외쳤다』, 19.

20 윤성범, "정경옥, 그 인물과 신학적 유산", 11; 김철손, "정경옥과 성서연구", 29; 선한용, "철마 정경옥 교수의 생애에 대한 재조명", 14; 이덕주, 『이덕주 교수의 한국 교회 영성 새로 보기』, 42.

21 윤춘병, "정경옥 교수의 저작전집을 간행하면서", 『기독교신학개론』.

22 "신간소개", 「조선일보」(1938. 8. 9), 5.

23 정지강은 1938년 평양부 남산정 43번지 소재 애린원에서 초판본을 발행한 이후 1953년 초판본에 미비하였던 점과 한글 수정을 하여 서울특별시 종로구 5가 13번지 소재 애린사회사업연구사출판부에서 『그는 이렇게 살았다』라는 타이틀로 재판을 발행하였으며, 1982년 정경옥의 그는 이렇게 살았다와 자신의 설교집인 나는 이렇게 외쳤다를 합하여 서울 도봉구 창2동 609-14번지 소재 도서출판 고향서원에서『그는 이렇게 살았다 나는 이렇게 외쳤다』라는 타이틀로 발행했다.

24 장병욱, "책머리에", 『그는 이렇게 살았다 나는 이렇게 외쳤다』, 3, 특히 그의 첫 장

이라고 규정하고 있으며,[25] 성갑식도 이 책은 예수 전기의 중요한 교훈과 사건을 현대 사상적, 윤리적으로 강술한 것이라고 규정했다.[26] 특히 한국 기독교선교 100주년 기념 대설교전집에 8장으로 구성된『그는 이러케 살엇다』라는 '제3장 강변의 그리스도'가 한 편의 설교로 실려 있다.[27] 그 반면에 홍현설은 이 책의 성격에 대하여 "예수전"이라는 차원에서 종교 문학으로 보는 가운데 특히 르낭의 예수전에 비견한 바 있는데,[28] 이와 같은 맥락에서 이덕주도 이 책을 정경옥의 "예수전"으로 규정하고 있으며,[29] 한걸음 더 나아가 국한문 혼용으로 된 초판본을 한글로 교열 작업[30] 을 한 김영명 역시 이 책을 다시 한 번 발행하면서, "한국인 최초의 예수 전"으로 점유시키고 있다.[31] 그렇지만 이준직은 이 책을 발행하면서 특별히 그 성격을 규정짓지 아니했다.[32] 아무튼, 이 책은 1938년 출간되면서 당시 교계의 선풍적인 바람을 일으켰는데,[33] 정경옥은 그의 문필 활동을

설교인 "현대와 기독교"는 이해석 편,『기독교대한감리회 백주년 기념설교집』(상권)』 (서울: 기독교대한감리회 100주년 기념사업회, 1987), 128-36에 실려 있는데, 여기서 도 정경옥의 타이틀은 "목사"였다.

25 김철손, "정경옥과 성서연구", 29.

26 성갑식,『하나님의 나라와 하나님의 선교』, 44.

27 한국기독교선교100주년기념대설교전집 출판위원회 편,『한국기독교선교100주년기 념 대설교전집(신학자편) 11』(서울: 박문출판사, 1974), 141-49.

28 정경옥·정지강,『그는 이렇게 살았다 나는 이렇게 외쳤다』, 19-20.

29 이덕주, "정경옥의 귀거래사", 「세계의 신학」(2002 여름), 132; 이덕주,『이덕주 교수 의 한국 영성 새로 보기』, 42.

30 이 교열한 책은 정경옥 전집에 실려 있다. 정경옥저작편찬위원회 편,『기독교의 원리 외 3종』(서울: 감리교신학대학교 출판부), 277-393 참조. 김영명은 기독교대한감리 회 주향교회 담임목사 취임시 자신의 교열한 책을 단행본으로 제본한 바 있다.

31 정경옥, "개정판을 내며",『그는 이렇게 살았다』(과천: 삼원서원, 2009) 참조. 하지만 이덕주,『이덕주 교수의 한국 영성 새로 보기』, 25에서 정경옥의 동기 동창이었던 박 연서는 이미 신학 재학 시절 예수전을 쓰게 되었다고 밝혀주고 있어 정경옥의 예수전 이 한국인 최초의 예수전인지에 대해서 면밀한 검토 작업이 필요하다.

32 정경옥,『그는 이렇게 살았다』(서울: 한국기독교문화원, 1982), 간행사 참조.

33 정경옥·정지강,『그는 이렇게 살았다 나는 이렇게 외쳤다』, 3, 19.

통해 최종적으로는 일본의 전설적 문인인 아쿠타가와 류노스케芥川龍之介의 『서방의 인人』을 능가하는 예수전을 완성해 내고 싶어 하였고,[34] 실제적으로 그는 비록 그 서막이나마 "미완성 예수전"을 남기게 되었다.[35]

더 나아가 그의 강연 활동 및 특별 집회는 국내를 넘어서 만주 지역까지 확대되었다. 즉 그는 만주고등성경학교에 1938년 6월 1일부터 1개월 동안 특별강사로 초빙되어 강연을 하게 되었는데,[36] 때마침 만주 사평가교회에서는 그를 강사로 하여 6월 27일부터 7월 3일까지 특별집회를 개최하기도 했다.

그 후 정경옥은 1939년 1월 수원지방 대사경회를 인도하였는데, 그의 집회는 은혜로웠다.

> 금년 1월 3일부터 14일까지 지방남대사경회로 모이는 중 정경옥 선
> 생 부흥설교에 일반사경회원들이 은혜를 충만히 받았습니다.[37]

아마 이즈음 수원에 머물던 중 또 다른 한 사람의 성자를 세상에 내어놓은 것으로 추정된다. 그는 바로 '청빈의 사도'로서 한국을 지극히 사랑한 일본인 전도자 승송乘松이었다.

> 추운 어느 날이었다. 우리는 방화수류정 옆길을 지나서 북으로 송림
> 이 우거진 산언덕을 행해 나섰다. 그 전날 저녁에 용산 계성중학의
> 임부남 선생이 나를 찾아오셔서 수원에 묻힌 노리마쯔 마사야스乘
> 松雅休 선생의 무덤에 순례를 해 보지 않겠느냐고 말씀하셨을 때, 나

---

34 김천배, "고 정경옥 교수의 편모", 27.
35 같은 글, 28-29 참조.
36 "만주고등성경학교", 「감리회보」제6권 제12호(1938. 6), 8.
37 이동욱 편, "수원지방감리사 박영석 보고", 『기독교조선감리회 제칠회 동부중부서
     부연회 회의록』 (경성: 기독교조선감리회 총리원, 1939), 152.

는 즐겁게 승낙하고 누구보다도 승송 선생의 내력을 잘 아시고 또 선생의 감화를 많이 받으신 신현익 의사를 모시고 수원 삼일학교 교장 김병호 선생과 함께 네 사람이 한패가 되어 승송 선생의 산소를 순례하기로 하였던 것이다…….

그가 세상을 떠난 지 이미 오래다. 그러나 그의 생각, 그의 정성, 그의 뜻은 아직도 많은 사람을 움직이고 있는 것이다. 참 돌맹이가 말을 할 리 없고 마른 잔디가 우리를 반길 리 없건만 선생이 가지셨던 그 마음이 너무나 그리웠고, 그가 거니신 일생이 너무나 놀라운 이적으로 보였기 때문에, 그를 사모하고 그를 따르고 싶은 마음을 억제할 수 없어서 여기까지 그의 산소를 찾아온 것이었다.……

나는 오랫동안 추위를 잊고 그의 감추어 있는 일생을 머리에 그려보았다. 그는 아직도 세상에 널리 알려지지 않았다. 그러나 선생의 생애는 세속에 물들고 쾌락주의에 마비되어 있는 나의 심령에 큰 충동을 주었다.[38]

이렇게 자유인이 되어 이곳저곳을 떠돌아 다녔던 정경옥은 만 2년만인 1939년 감리교신학교 교수로 복귀했다. 이처럼 그는 감리교신학교 교수로서는 복귀는 하였지만 감리교 목회자로서는 복귀를 하지 않고 오히려 퇴회를 선택했다. 즉 1939년 5월 경성 정동제일교회에서 개최된 기독교조선감리회 제7회 동부중부서부연합연회에서 서산에서 목회하고 있었던 김태형[39]

---

38 정경옥, "청빈의 사도 승송", 「부활운동」제5권 제3호(3월 1939), 17-20. 김영명 엮음, 『정경옥의 요한 1서 강해와 신학 산책』 (과천: 삼원서원, 2010), 220-25에서 재인용.

39 논산 은진의 의신교회 출신인 김태형(김영훈으로 개명)도 정경옥처럼 역시 '목사'로 잘못 알려져 있는 인물이다. 김태형도 결국 준회원 과정을 마치지 못한 가운데 연회에서 퇴회하였고 목회를 중단한 후 일본 도쿄에 가서 공부하였다 한다. 그 후 귀국하여 해방 직후에는 모 대학에서 철학과 교수를 역임하였다고 한다. 그는 사회주의 사상에 물든 가운데 한국전쟁 직전에는 자신의 고향 교회로 돌아와 실제적으로 의신교회를 이끌고 가면서 사회주의 사상을 교육하여 교회 안에 상당한 갈등과 마찰이 자리하고

과 함께 준회원을 계속하지 못하고 퇴회를 한 것이다.[40] 그는 목회자로서는 자유인이 되었다.

이제는 신학자로서, 교수로서만 전념하여 정열을 쏟기로 결심했다. 1939년 그는 감리교신학교 교수로 복직하면서 그의 휴직 기간 동안 그의 고향 진도에서 그가 감리교신학교 조직신학 교수로 부임하여 감리교신학교에서 그동안 강의했던 재료들을 손질하여 저술한 '세기적 역작'인 『기독교신학개론』을 출판했다.[41] A5판 크기로, 색인을 포함하여 총 543면에 모두 8편으로 구성되어 있으며, 부록으로 「나의 신조」[42]가 포함되어 있는데, 여기에 그의 신학사상이 집약되어 있다. 그는 "To Professor Harris Franklin Rall, Ph.D. with Gratitude, Affection and Esteem(이 책을 스승인 롤 교수에게 감사와 애정과 존경으로 바칩니다)"라고 하였는데, 정경옥 자신이 "롤 교수의 글이면 무엇이나 서슴없이 내 것과 같이 인용했다"라고 이 책

있었다 한다. 이런 가운데 좌익 활동이 극심하였던 논산 지역에 한국전쟁이 발발하면서 인민군이 들어오게 되었을 때 김태형은 부 인민위원장이라는 중책을 맡게 되었고, 그는 인민군과 함께 논산 지역을 돌아다니며 상당수의 주민들을 학살했다고 전해지고 있다. 기독교대백과사전편찬위원회 편, 『기독교대백과사전 3』(서울: 기독교문사, 1981). "김태형 항목" ; 인상식, 『은진교회 50년사』(논산: 기독교대한감리회 은진교회, 2002), 22-25 참조. 나는 『은진교회 50년사』 1장과 2장 집필 작업에 참여한 바 있다. 한편, 김태형의 부친은 김홍순과 더불어 남감리회 초기 전도인이었던 김주현金周鉉과 동명同名인 의신교회 설립자 김주현金周鉉이다. 구전으로는 논산 은진의 김주현도 상당히 이른 시기에 서울에 올라가 전도인의 역할을 하다가 고향에 다시 돌아와 의신교회를 설립한 것으로 알려지고 있다. 이로 인해 한때 나는 '이' 김주현이 '그' 김주현이 아닐까 추정해 보았던 적도 있는데, 그 개연성은 매우 희박하지만 면밀한 역사적 검토는 필요하다고 사료된다. "회보대령슈금", 「그리스도회보」(1913. 9. 1), 8.

40 이동욱 편, 『기독교조선감리회 제칠회 동부중부서부연회회의록』(1939), 54.

41 정경옥저작전집편찬위원회 편, 『기독교신학개론』, 23, 33, 35 참조.

42 같은 책, 28에 보면 선한용은 『기독교신학개론』 제일 끝에 나오는 71항목의 "나의 신조"는 아마도 개릿 신학교에서 B.D. 학위 과정을 마칠 때 의무적으로 쓰게 한 "Credo"(나는 믿는다라는 신앙고백서)에 수정을 가해서 내놓은 듯하다고 언급하고 있는데, 그는 감리교신학교 교수로 부임한 이듬해인 1932년 5월 「신학세계」에 기독교신학개론 부록에 실렸던 것과 동일한 나의 신조를 발표한 바 있다. 정경옥, "나의 신조", 「신학세계」 제17권 제3호(1932. 5), 14-20.

서론에서 밝히고 있듯이 그의 이 책은 롤 교수로부터 지대한 영향을 받았음을 충분히 짐작할 수 있다.

그런데, 그가 감리교신학교로 되돌아왔을 무렵인 1939년에는 감리교신학교에는 일제의 정책에 의해 일대 큰 변화가 생겼다. 빌링스 선교사가 2월 9일 교장직 사임원을 제출하였고, 이로 인해 2월 20일 신학교 이사회를 개최하여 구약학 교수였던 변홍규 목사가 새 교장으로 선출하여 3월 20일 취임한 것이다.[43]

이렇게 새로운 변화를 맞이한 학교 상황 속에서 정경옥 교수는 열정적 강의와 집필 활동을 계속했다. 이 시기에 입학하였던 김철손은 정경옥 교수를 '진보적 신학자'로 평가했다.

> 내가 처음 서울 감리교신학교에 입학했을 때(1938년) 그는 현직 교수로 있었다. 이미 그의 명성에 대해서 들은 바 있어서 어느 다른 교수보다도 그분을 뵙게 된 것을 기쁘게 생각했다. 그러나 그는 언제 보아도 상급 학생들에게 포위당해 신입생들에게는 거의 접근할 기회를 주지 않았다. 그래도 나는 상급생들이 둘러앉은 그 뒷전에서 그를 멀리서나마 대면한 일이 있다는 것만으로도 자랑스럽게 생각한다. 내게 비친 그의 인상은 키가 후리하게 크고 얼굴은 검티티하지만 체격 전체가 빈틈이 없는 알찬 사나이였으며 언제나 심각한 이야기로 대화를 일관시키는 융통성이 없는 선비 타잎으로 보였다. 어쨌든 똑똑한 사람이고 학적 실력이 대단하고 게다가 진보적인 신학사상을 가진 사람으로 알려졌기 때문에 젊은 세대(학생들)에게 인기가 높았다. 사실 그 당시에는 한국 안에 그만큼 진보적인 신학자가 하나

---

43 "신학교이사회 소식", 「조선감리회보」 제7권 제26호(1939. 3), 2; "집회·인사", 「조선감리회보」 제7권 제27호(1939. 4), 3; "신학교 새 교장 변홍규 박사", 「조선감리회보」제7권 제28호(1934. 5), 2.

도 없었다.[44]

훗날 성서학자가 된 김철손은 정경옥에 대하여 조직신학자였지만 제법 성서신학자다운 면모가 있었다는 것을 이야기해 주고 있다.

정교수에게서는 일보 더 나아가 성서 본문비평Textual Criticism에도 관심을 가졌던 진보적인 태도를 족히 찾아 볼 수 있다. 정교수는 정식으로 성서를 강의한 일은 없어도 언제나 학생들에게 성서에 대한 질문이 있을 때에는 제법 성서신학자답게 대답을 잘했다. 한번은 어떤 학생이 정교수에게 마가 16:6-20 본문에 대한 비판과 특히 17-18절 내용에 대한 해석과 신앙적인 이해에 대해서 질문을 했다.

막 16:17-18 "믿는 사람에게는 표징이 따르게 될 것인데 내 이름으로 귀신을 쫓아내고 새 방언을 말하며 뱀을 쥐거나 어떤 독을 마실지라도 결코 해가 되지 않겠고 병자에게 손을 얹으면 나을 것이다"라는 구절을 현대 그리스도인들이 글자 그대로 이해하고 믿고 실천할 수 있는가 하는 질문이었다.

그런데 정교수는 이 본문에 대한 본문비평설을 가지고 답변을 하면서 성서에 대한 자신의 비판적 태도를 밝혔다. 그의 설명에 의하면 마가 16:9-20은 본문비평상 원저자의 말이 아니라 후대 어떤 다른 사람의 손에 의해 삽입된 것이라고 대답을 했다. 그러면서 이 덧붙이기 본문에 들어 있는 17-18절 말씀을 꼭 글자 그대로 이해하고 실천해야 할 말씀이라고 생각할 수 없다고 했다. 그렇다고 그가 성경 본문을 부정한 것이 아니다. 성경 말씀에 대해서 비판을 가할대로 가해보지만 하나님의 가능성과 인간의 가능성을 혼돈하지 말라는 말

---

44 김철손, "정경옥과 성서연구", 22-23. 하지만 김철손이 입학한 해인 1938년은 정경옥이 휴직한 해로서 무엇인가 착오가 있는 듯하다.

이다. 인간의 가능성을 본문에 적용시키려고 할 때 문제가 생긴다는 것이다.

그는 결코 성서를 부정적으로 읽지 않았다. 또 부분적으로 읽지 않았다. 신구약성서를 수차 통독하였으며 전체적으로 통일성 있게 이해했다. 그래서 그는 신구약의 내용을 어떤 경우에나 자유롭게 인용하고 건전하게 해석하였다.[45]

이에 더 나아가 김철손은 이 시기 정경옥 교수에 대한 몇몇 에피소드를 소개하고 있는데, 그 하나는 다음과 같다.

그가 한 번 교정에서 상급 학생들과 둘러앉아 이야기하는 것을 나는 그 옆에서 엿들은 적이 있다. 때마침 그는 성서연구에 관한 이야기를 하고 있었다. 그는 말하기를 "……성경은 창세기 1장-3장과 마태복음 1장-3장, 로마서 1장-3장만 철저하게 연구하면 성경 절반 이상을 이해한 셈이 된다"고 했다. 나는 그의 말을 지금도 잘 기억하고 있다. 이 말이 바로 그의 성서관의 일면을 보여준 것이라고 생각한다. 그의 말대로 창세기 1장-3장에 기록된 천지창조의 설화에서 하나님과 자연과 인간과의 관계를 찾고 마태복음 1장-3장에서는 그리스도의 속죄사건의 역사적인 의미를 찾고 로마서 1장-3장에서는 죽을 수밖에 없는 인간의 구원문제를 찾아보자는 의미로 한 말로 생각한다. 그는 역시 조직신학자로서 사고를 한 것이다. 하나님-그리스도-인간을 신학적으로 관철시켜 보려고 한 것이다.

또 다른 에피소드도 소개하고 있다.

---

45 같은 글, 32-33.

나는 한 번 그가 채플에서 설교하는 말을 들었다. 신학교에 처음 들어 온 나에게 약간 충격적인 이야기였다

"신학교를 지망하는 학생은 대체로 두 종류로 나눌 수 있다. 하나는 고등학교에서 최우등생 한 사람 혹은 두 사람이 있고 그 나머지는 다 저급학생들이라"고 하면서 절대다수의 저급학생들을 격려하는 설교를 나는 지금도 기억하고 있다.

그의 강연집인 『그는 이렇게 살았다』 (1938)라는 책은 그의 산 설교이며 웅변적인 교훈이다. 그는 이 책의 내용을 가지고 몇 일 동안 설교를 했을 때 많은 젊은이들이 감동을 받고 신학을 선택한 사실이 있다고 한다.[46]

이 시기에 입학한 김옥라는 정경옥 교수에 대하여 세계적인 조직신학자로 평가하고 있었다.

예과 2학년을 마치고 본과 1학년에 올라가던 해에 자신의 진도 고향 집에서 명상과 저술 활동으로 이년을 쉬고 정경옥 교수가 신학교에 복직하셨다. 하향하시기 전에도 남다른 학문적 열정으로 학생들에게 존경과 사랑을 한 몸에 받으셨다던 조직신학 교수였다. 그런 그가 강단에 다시 서시게 되자 학교에는 새로운 활기가 넘쳐흘렀다. 당시 정경옥 교수의 조직신학 강의는 세계적인 명강의로 통했다. 나만해도 그 교수님은 신학에 대한 영의 눈을 열어 주신 분으로 이제껏 기억하고 있다.[47]

그런 가운데 정경옥은 1939년 11월 『감리교교리』를 저술하여 간행하

---

46 같은 글, 29.
47 한국여신학자협의회 편, 『나의 이야기』 (서울: 여성신학사, 1995), 23.

였으며,[48] 곧이어 그는 미국 하버드 대학 철학과 교수로서『신비종교의 연구』와『십칠팔세기의 심령상 개혁자들』등 다수의 책을 저술한 신비주의 권위자인 루퍼스 존스Rufus Jones 박사의 "Prayer and Mystic Vision"라는 논문을 번역하여『신비주의의 가치』라는 제목으로 1939년 12월에 부활사삼각산기도원을 통해 출간하게 되었다.[49]

이 와중에 정경옥은 1939년 12월말 갑작스럽게 감리교신학교 조직신학 교수직을 사임하게 되었다.[50] 감리교신학교 입장에서 보면 적지 않은 손실을 가져온 것으로 섭섭함을 표시하고 있다. 이러한 그의 사임은 사평가 신학교 교장으로 전직하기 위한 것으로 이덕주나 김영명이 그의 사임 이유로 밝히고 있는 소위 '감신 삐라 사건'으로 말미암은 감리교신학교 폐교와는 아무런 상관이 없는 것이었다.[51]

48 정경옥,『감리교교리』(경성: 기독교조선감리회 총리원 교육국, 1939).

49 "신간소개",「조선일보」(1940. 1. 12), 3.

50 "정교수사임",「신학세계」제25권 제1호(1940. 3), 66.

51 이덕주,『이덕주 교수의 한국 교회 영성 새로 보기』, 65-66; 김영명,『정경옥: 한국 감리교 신학의 개척자』, 27.

補卿圏

用ノ西洋新ニ学問ヲ研究シテ将来或ハ群ニ相当暦

綾テ人格テ青年タクンニトク希望ス

大正元年一月　日

◎学天父兄弟位

6장

학교장
정경옥

學校長 鄭景玉

總督ハ之ヲ限ル民同ニ許セシルハ何故ノ學校程度等ヲ
異ニノレノシ八術故ノ鮮人ヲ才操ラゝ圖ル依ニラ遊信
廣趣ノ人民ヲラ鮮人ヲ二十世紀ノ一人ナリ日本ヲ二十七紀
ノ一人ナニ何メハ若セ新タノ如ク恋ヒラモ鮮日平等ナル
能ハナ七八何故ノ敢シ方歷泡ラ靜昂天ニ何ガ返セ
同ニ風ノ次リゐ下ナカル八多鮮群モ日承ゾ歷ニ中ニ回程ヌニ
新選十ヲラモゐナリ
万歲万々歲大生ノ獨立万歲

建衛園

生徒募集

一、定員及修業年限
二、入學者可資格
三、手續
四、入學考查

만주고등성경학교 생도 모집 광고
「조선감리회보」 (1938. 3. 1)

만주신학교 교수들과 함께

만주신학교 졸업생 송별기념

기독교조선감리회 북만지방
남부 등급사경회 기념촬영(1941년)

그가 감리교신학교 조직신학 교수직을 사임하고 1940년 교장으로 전직해 간 곳은 만주신학교였다. 이 신학교는 귀국 휴양 후 다시 조선에 내한하여 편하고 익숙한 선교지보다는 비록 힘들고 불편하지만 필요한 선교지를 선택하여 1936년 만주 선교사로 자원하였던 채핀A. B. Chaffin(채부인) 선교사에 의해 만주 지역만의 독특한 환경과 풍토에 적합한 교역자를 길러 내기 위한 계획을 가지고 설립된 토착적 신학교였다. 물론 이 만주신학교가 설립될 수 있었던 것은 채부인 선교사와 더불어 설립자로까지 거명되고 있는 데밍 북만주지방 감리사의 역할도 결코 좌시할 수 없다.[1]

이 신학교의 모체인 만주고등성경학교의 공식적인 창립 일자는 1937년 4월 15일[2] 혹은 4월 16일이지만[3] 1936년 11월로 그 연원을 거슬러 올라갈 수 있다. 즉 1936년 10월 2일 교육국 엡윗회부 간사로 근무하고 있던 이환신이 11월 2일부터 시작되는 사평가 성경학원 일로 만주를 방문[4]한 가운데 사평가 성경학원의 개원일인 11월 2일에 맞추어 사평가에 도착하였건만 사평가 성경학원에 대한 가타부타 일절 언급이 없고 다만 복

1 "만주신학교 소식", 「조선감리회보」제7권 제9호(1939. 9), 11; 배형식 편, 『기독교조선감리회 제오회 만주선교연회 회의록』 (경성: 기독교조선감리회 총리원, 1937), 41.

2 이인선 편, 『기독교조선감리회 제육회 만주선교연회 회의록』 (경성: 기독교조선감리회 총리원, 1939), 29; 배윤숙, 『채핀 부인의 생애와 여성신학 연구』 (감리교신학대학 석사학위논문, 2006), 74에서 재인용.

3 채부인, "만주에 사역자양성사업", 「감리회보」제5권 제12호(1937. 6), 3.

4 이환신, "만주왕래기(이)", 「감리회보」제5권 제2호(1937. 1), 5.

음농민학교가 설립되기를 바란다는 취지의 내용만 언급되어 있어 이때에 성경학원이 시작된 것인지 아닌지에 대한 상황이 불분명하다.[5] 만약이때에 성경학원이 시작된 것이라고 한다면 그 형태는 여자고등성경학원이 아니었을까 조심스럽게 추정해 볼 수 있다. 이러한 추정의 근거로는 1937년 4월 7일부터 13일까지 개성 북부예배당에서 개최된 제6회 중부연회에서 채핀 선교사는 연회 회기 사흘째 되던 날인 4월 9일 만주 여자성경학원 사업을 보고[6]한 기록과 함께 제오회 만주선교연회 임명기에 의하면 채핀 목사가 여자고등성경학교장으로 기재[7]된 데에 따른 것이다. 어쨌든 한 가지 분명한 사실은 채핀 선교사가 운영하려고 하였던 성경학원은 남녀공학이 아닌 여자성경학원을 운영하려는 계획이 강했던 것만큼은 분명해 보인다. 1937년 개최된 제6회 만주선교연회의 후문을 통해서도 이러한 움직임이 있었다는 것을 짐작해 볼 수 있다.

> 사평가에서 고고의 소리를 웨친 만주성경학원은 복음농민학교식으로 하리라는 소식도 들었거니와 이번 연회에 고등성경학원으로 길림에 옮겨 경영하리라는 일은 실로 감사한데 한 가지 우의를 정하는 것은 웨 여자에게만 한하다고 하는데 용정에도 여자성경학원만 하고 길림에도 또 그렇게 할 것 있는가 아시는 바와 같이 만주에 있는 조선기독교에서는 길림신학교(타교파에서는 일종성경학원으로 인정하지마는)를 경영하는데 감리교회에서도 시작할진대 남녀공학의 고등성경학원을 설립하야 신학교에 미급未及하는 교역자를 양성하야 농촌의 교역자 우x는 교사 우x는 지도자로 양성하는 기관이 되시기를 중

---

5 이환신, "만주왕래기(사)", 「감리회보」제5권 제4호 (1937. 2), 5.

6 이동욱 편, 『기독교조선감리회 제육회 중부연회 회의록』 (1937), 52.

7 배형식 편, "제오회만주선교연회임명기", 『기독교조선감리회 제오회 만주선교연회 회의록』 (1937), 28.

심으로 바라며[8]

　하지만 1937년 4월 임시적으로 캐나다장로교회 예배당을 빌려 개원한 만주지역 교역자 양성 기관은 여자성경학원이 아닌 서울에 소재한 감리교신학교와 같이 남녀공학의 고등성경학원이었다. 이때 교사는 조선 목사 1인, 선교사 2인, 조선인 교사 1인, 내지인 목사 1인, 중국인 교사 1인 도합 6명이었으며, 학생수는 남녀 합하여 21명이었는데 조선에서 온 학생이 10명, 만주에서 온 학생이 11명이었다.[9] 어떤 연유로 인해서 캐나다장로교회 예배당을 임시적으로 빌려서 개원했는지 명확히 알 수 없지만, 이내 사평가교회의 유지 교우였던 김병택[10]과 전경현[11] 양씨가 마련해 준 집으로 옮기게 되었으며 사평가교회 소속으로 고등성경학원은 운영되었다. 이것은 신병중인 양주삼 총리사를 대신하여 만주선교연회 개회를 위임받아 만주에 왔던 오기선 전도국장이 만주 일대 교회를 돌아보던 중 1937년 7월 사평가교회도 방문하였는데, 이때 '사평가교회에 성경학원이 있었다'라는 기록을 통해서도 명확히 확인할 수 있다.[12]

　이러한 만주고등성경학원은 1937년 6월 24일부터 27일까지 간도시 용정가 램버스 기념예배당에서 개최된 제5회 만주선교연회에서 가장 뜨거운 이슈였다. 이 선교연회시 북만지방과 동만지방에서는 만주성경학

8　김광세, "만주연회 후문잡담", 「조선감리회보」제5권 제19호(1937. 10), 7.

9　배형식 편, "북만지방감리사도이명보고", 『기독교조선감리회 제오회 만주선교연회 회의록』(1937), 42; 채부인, "만주에 사역자양성사업", 「감리회보」제5권 제12호(1937. 6), 3.

10　배형식 편, "북만지방감리사도이명보고", 『기독교조선감리회 제오회 만주선교연회 회의록』(1937), 42; 채부인, "만주에 사역자양성사업", 「감리회보」제5권 제12호(1937. 6), 3.

11　"전권사의 특지", 「감리회보」제4권 제1호(1936. 12), 7 참조. 채부인, "만주에 사역자 양성사업", 「감리회보」제5권 제12호(1937. 6), 3에 언급되는 천경현은 전경현의 오기로 보인다.

12　오기선, "만주시찰기", 「감리회보」제6권 제12호(1938. 6), 8.

원에 대해 각각 청원서를 제출했다.

건의서
좌기 두 조를 건의하오니 허락하심을 망함

북만지방회 청원서

제1조 성경학원명칭은 기독교조선감리회 만주고등성경학교라 칭함
제2조 이사회
1. 이사수는 13인으로 함
2. 이사선거방법은
   ㉠. 고정이사는 총리사와 양지방감리사와 해교장과 해교회목사로 함
   ㉡. 선정이사는 8인으로 하되 양지방에서 목사 4인과 평신도 4인을
      선택할 것
3. 고등성경학교에 대하여 특히 좌기 삼항을 제안함
   ㉠. 고등성경학교 위치는 이사회에 일임함.
   ㉡. 본연회재정위원부에서 고등성경학교시설에 대한 일절비용을 예
      산하야 중앙협의회에 청원할 것.
   ㉢. 고등성경학교창립주일을 매년 사월 제삼주일노 직히기로 하고
      그날 헌금은 고등성경학교로 보내게 할 것…

동만지방회의 청원건

1. 매년춘기에 교수하는 성경학원의 사십일 기간을 삼개월로 연장할
   것과 학제는 남녀공학으로 하되 사평가고등성경학원에 연락을 취
   하야 입학할 수 있도록 청원할 것

2. 현재 사평가에 소재한 고등성경학교를 위치를 전만(全滿)중앙지점으로 정하도록 청원할 것……[13]

이러한 두 지방회의 청원서를 접수한 만주선교연회에서는 만주고등성경학교를 교역자 양성 기관으로 공식적 인준을 하게 되었다. 이 선교연회 시 만주고등성경학교 이사 중 선정 이사 8명을 선출하게 되었다. 당시 선교연회는 북만지방과 동만지방으로 구성되어 있어 양쪽 지방에서 4명씩 투표를 통해 선출하였는데, 그 명단은 아래와 같다.

북만지방 송득후 남천우 김병택 허영백
동만지방 김득수 이인선 박산우 김형기[14]

연회 기간 동안 연회 이사회도 모여 만주고등성경학교의 생존을 모색했다.

一. 본이사회에서 규칙제정위원 삼인을 택하야(남천우, 채부인, 유득신)
규칙을 제정하야 이사회에 통과로 임시 사용함을 요함
二. 여선교회에 연오백원, 보조하여 주시기를 청원하여 주실 일
三. 미국선교부에 연삼천원 보조하여 주기를 청원하여 주실 일
(남북감리교회남녀선교부에 각칠백오십원식)
부이사장 송득후
서기 유득신[15]

---

13 배형식 편, 『기독교조선감리회 제오회 만주선교연회 회의록』(1937), 36-37.
14 같은 책, 15. 특히 21에 보면 선교연회에서는 만주고등성경학교 이사회에서 연회 폐회한 동안에 임원의 보선 또는 증원할 권을 허락하기로 가결했다.
15 같은 책, 19.

그렇지만 이러한 만주고등성경학교 이사회의 보고서는 만주고등성경학교에 대한 자립적인 면모는 전혀 찾을 수 없고 의타적인 면모만을 엿볼 수 있다. 그나마 연회 이후 만주고등성경학교 창립주일을 4월에 지키고 그 날 헌금을 고등성경학교로 보낸 면모가 자립적인 모습이었을 뿐이다.[16] 그런 가운데 1938년 1월 채핀 선교사가 교장직을 사임하게 되었다.[17] 이에 따라 만주신학교는 이사장과 교장이 교체되어 이사장에 배형식 목사, 교장에 송득후 목사가 취임했다.[18]

이와 같이 시작되어 변모하던 만주고등성경학교와 정경옥이 첫 인연을 맺게 된 것은 만주고등성경학교에서 1938년 6월 정경옥을 특별강사로 초빙한 일이었다.[19] 이때 그의 강의를 들었던 만주신학교 제1회 졸업생 한준석[20]의 증언을 바탕으로 하여 선한용은 다음과 같이 기록하고 있다.

> 그가 신학교 교장직을 맡기 전에 그 학교에 강사로 가서 두 학기에 걸쳐 "기독교 원리" 등을 강의하신 일이 있었는데 그 강의를 들었던 한준석 목사(전 이화여대 교목)는 그 강의는 학생들이 잊을 수 없는 명강의였다고 기억하고 있다.[21]

그 후 1939년 6월 신경 서성예배당에서 개최된 제6회 선교연회시 만주고등성경학교는 만주신학교로 그 명칭이 변경되었고, 만주신학교 이

---

16 "만주고등성경학교창립기념주일헌금액수", 「조선감리회보」제6권 제12호(1938.6), 8.

17 이인선 편, 『기독교조선감리회 제육회 만주선교연회 회의록』(1939), 29-30; "선교 25주년 맞는 채부인 목사", 「조선감리회보」제7권 제27호(1939. 4), 4에 보면 채핀 선교사는 1937년 11월에 다시 조선으로 들어간 것으로 기록되어 있다.

18 이인선 편, 『기독교조선감리회 제육회 만주선교연회 회의록』, 29-30; "만주신학교 소식", 「조선감리회보」제7권 제8호(1939. 8), 11 참조.

19 "만주고등성경학교", 「감리회보」제6권 제12호(1938. 6), 8.

20 한준석은 오랫동안 이화여대 교목을 역임했다. 김광우, 『빛으로 와서』, 294-300 참조.

21 선한용, "철마 정경옥 교수의 생애에 대한 재조명", 15.

사로 배형식, 김종우, 양주삼, 송득후, 이기연, 거포계, 도인권, 이형재, 현석칠, 이인선, 김창호, 서영복, 김병택, 최세환, 김달섬 등 15인이 선출되었다. 특히 이 선교연회에서는 양 지방이 만주신학교 부담금을 담당키로 하여 자립정신이 점점 고조되어 갔다.[22] 그리고 연회 직후 부교장으로 현석칠, 교수로는 최종묵, 김인석 선생[23] 등이 새롭게 부임한 가운데 분위기를 일신하게 되었다. 그리하여 만주신학교 학생들은 그렇지 않아도 신앙생활이 돈독하고 충직한 중에 김인석 선생의 인도로 1939년 6월 하순 부흥회를 인도해 신학생들이 더욱 흡족한 은혜를 체험하게 되었다.[24] 이러한 만주신학교 학생들의 열기는 전도로 이어져 사평가에서 200리 떨어진 서안현西安縣에 교회가 1940년 2월 25일 설립되는 것으로 결실을 맺었다.[25] 더 나아가 무소속 독립 전도자로 만몽 선교에 진력하던 이현태 선교사[26]의 순교를 계기로 하여 만주신학교 학생들을 중심으로 만몽선교회를 조직하기도 했다.[27]

---

22 "제육회 만주 선교연회개요", 「조선감리회보」 제7권 제7호(1939. 7), 2.

23 김인석은 부임할 때는 선생이라고 호칭을 썼으나 그 후 목사로 호칭되었다. "만주신학교소식", 「조선감리회보」 제7권 제8호(1939. 8), 11; "만몽선교회를 만주신학교에 조직", 「조선감리회보」 제8권 제1호(1940. 1), 14 참조.

24 "만주신학교소식", 「조선감리회보」 제7권 제8호(1939. 8), 11.

25 "만주서안현교회설립", 「조선감리회보」 제8권 제5호(1940. 5), 13.

26 충남 부여 용안침례교회 출신으로 러시아 침례교회에서 목사 안수를 받고 파송된 선교사였지만 러시아가 공산혁명으로 무너져 교회가 해산된 후 무소속 독립 전도자로 활동하였는데, 특히 몽골 지역에서 활동했다. 이러한 이현태 선교사에 대해 당시 감리교회에서는 밀접하게 교류하며 적지 않은 후원을 한 것으로 보인다. "하와이 유지교우들의 만주선교사업", 「감리회보」 제6권 제18호(1938. 9), 2에 보면 하와이 유지교우들이 보낸 선교비로 만몽지방 선교사인 이현태 목사의 선교 사업을 도왔다는 기록이 있으며, 또한 "제6회 만주선교연회개요", 「조선감리회보」 제7권 제7호(1939. 7), 3에 보면 만주선교연회에서는 이현태 선교사가 신병이 발생하여 막대한 곤란을 얻고 있다는 소식을 접하였을 때 연회원 일동이 즉석에서 다소의 금액을 연조하여 보냈다는 기록도 있다.

27 "만몽선교회를 만주신학교에 조직", 「조선감리회보」 제8권 제1호(1940. 1), 14에 보면 이때 월연자들을 중심으로 살펴보면 송득후, 최종묵, 김인석은 교수로 사료되며 이

이 와중에 재차 만주신학교는 분위기를 면목일신하였는데, 그 중심에는 사평가교회의 유지 교우였던 김병택씨가 구심적 역할을 했다. 일찍이 김병택을 비롯한 사평가 교인들을 만나보았던 이환신은 다음과 같이 사평가교회 교인들을 평가한 바 있다.

> 사평가는 만호나 가까운 신흥도시로 사통오달로 철도망이 시설되고 따라서 교통이 편리하며 남북만주의 복판에 있느니만치 농작물의 유명한 집산지대集散地帶다. 추수기가 끝나면 정거장 부근으로 곡물이 산처럼 쌓이는데 처음 보는 사람은 놀래고 늘 보는 사람도 큰 구경거리로 안다고 한다. 우리 형제들 가운데도 곡물 무역상으로 상당히 성공한 분이 많다. 그 어른들은 돈 모을 줄만 아는 이들이 아니라 돈 쓸 줄도 아시는 분들이다. 사회를 위하여 교회를 위하여 정신과 한가지로 물질적 공헌을 많이 하시는 분들이다.[28]

이처럼 돈을 쓸 줄 알았던 김병택은 자신의 사재를 만주신학교를 발전시키는데 투자하게 되었다. 그런 가운데 1939년 연말쯤 개최된 것으로 추정되는 만주신학교 이사회에서 김병택씨를 교주로, 정경옥을 교장으로 선택하였으며, 실행부 이사로는 양주삼, 김병택, 정경옥, 송득후, 현석칠, 도인권, 배형식 등으로 구성했다.[29] 그리하여 정경옥은 만주신학교 교장으로 갔는데, 그는 가족을 동반하지 않고 홀로 갔다. 특히 그는 만주신학교 시절 자기의 사랑하는 제자였던 송정률 목사를 초빙하여 함께 교수하기도 했다고 한다. 당시 만주고등성경학교 시절부터 만주신학교 시절

들을 제외한 한준석, 김종영, 손정성, 김신화, 도복일, 고치덕, 곽영숙, 김기용, 김병일, 이송은, 박희실, 강성덕, 정덕은, 류재덕, 조화구, 장돈식, 김형배는 만주신학교 학생으로 분류할 수 있을 것으로 사료된다.

28 이환신, "만주왕래기(사)", 5.

29 "만주신학교소식", 「조선감리회보」제8권 제4호(1940. 4), 3.

에 이르기까지 교수를 지낸 분들과 그 교과과정은 다음과 같았다고 한 준석은 증언하고 있다.

교수진

교수 채부인, 도이명, 유득신, 송득후, 정경옥, 김정운,[30] 송정률, 최종묵, 임태정, 김인식,[31] 拍木牧師, 鎌道正牧師(이상 목회자)

강사 강학채(중국어), 김온순(음악), 김정운(조선역사) (이상 평신도)

교과과정

신약문학개론, 구약문학개론, 기독교신학개론, 교리적 선언, 구약주석(창세기, 신명기, 이사야, 예레미야, 소선지서), 신약석의(공관복음서, 로마서, 갈라디아서,빌립보서, 요한서신, 베드로전후서), 목회학, 설교학, 교회사, 기독교교육개론, 찬송가학, 교리와장정 특강, 인체생리학, 만주선교역사[32]

이처럼 만주신학교의 진용을 갖춘 가운데 1940년 3월 12일 오전 11시 만주 사평가교회에서 만주신학교 제1회 졸업식을 거행하였는데,[33] 이때 졸업한 학생은 강성덕,[34] 곽영숙, 김기용, 유재덕,[35] 이송은, 이병남, 한준석, 함대순 등 8명이었다.[36] 이들의 졸업식에 이어 곧바로 김병택 교주와

---

30 김정운이라는 이름이 교수 명단에도 있고 강사 명단에도 있는데, 이에 대한 면밀한 검토가 필요하다고 본다.

31 김인식은 김인석의 오기로 보인다.

32 윤춘병, 『한국감리교교회성장사』, 726.

33 "각학교졸업식", 「조선감리회보」제8권 제4호(1940. 4), 3.

34 그의 자제가 기독교대한감리회 예산중앙교회를 담임하고 있는 강일남 목사로 2010년 9월 28일 실시된 제29회 총회 감독 선거시 충청연회 감독으로 당선되었다.

35 "만몽선교회를 만주신학교에 조직", 「조선감리회보」제8권 제1호(1940. 1), 14에는 류재덕으로 되어 있다.

36 윤춘병, 『한국감리교교회성장사』, 726. 하지만 이 졸업자 명단에 빠진 졸업생이 있

정경옥의 교장 취임식도 거행되었다.[37]

이와 같이 정경옥이 만주신학교 교장으로 취임하자 평소 존경하던 그를 찾아서 만주신학교에 입학하는 사례까지 있었다. 만주신학교 학생이었던 장돈식[38]의 여동생 장현심은 이렇게 기록하고 있다.

> 큰오빠는 일본에서 강의록을 구입해 독학을 했다. 한편, 해주, 평양에서 붐이 일고 있던 신앙운동에 동참하며 장차 오빠의 사상과 신앙에 영향을 끼친 분들을 만나게 된다. 사경회 강사로 초빙되었던 마경일 목사, 송정률 교수, 진도 출신 정경옥 신학박사의 설교와 강의를 들으며 그들의 사상과 철학에 매력을 느낀다.……
>
> 1940년 평소 존경하며 서신을 주고받던 정경옥 교수가 있는 중국 만주 쓰핑지에四平街 소재 쓰핑지에신학대학에 입학한다. 일제의 수탈이 심해져 집에서 오던 생활비가 끊기자 고학을 했다. 입주 가정교사를 하다가 자신의 공부 시간이 부족하여 신문배달을 시작했다. 새로 산 신발이 며칠 못가 닳아서 너덜거리도록 열심히 뛰었다. 나중에는 신문보급소를 직접 차려서 공부하는데 지장이 없을 정도로 시간과 돈을 벌었다.
>
> 1942년 대동아전쟁 막바지에 일본의 탄압으로 다니던 학교가 문을 닫았다. 졸업이 임박한 시기여서 베이징으로 가서 학업을 마칠 계획이었다. 그러나 산해관山海關에서 장티푸스에 걸려 혼수상태로 귀국하게 되었다. 끝내 졸업을 하지 못했다.……

는 것으로 추정된다. 기독교대백과사전편찬위원회 편, 『기독교대백과사전 4』 (서울: 기독교문사, 1981), "도복일" 항목. 서강감리교회 도건일 목사 은퇴기념문집 편찬위원회 편, 『도건일 목사 은퇴기념문집 1』 (서울: 기독교대한감리회 서강교회, 2006), 180에 보면 도복일도 1940년 만주신학교(만주신학원)를 졸업한 것으로 기록되어 있다.

37 "인사", 「조선감리회보」제8권 제4호(1940. 4), 3.

38 "만몽선교회를 만주신학교에 조직", 「조선감리회보」제8권 제1호(1940. 1), 14 참조.

격동기에 태어나 힘든 세월을 살았지만 그에 굴하지 않고 자신의 삶을 선도한 사람이다. 스승을 통해 신앙을 삶에 연결시키는 방법을 배웠으며 평생을 그대로 실천했다.[39]

한편, 정경옥이 만주신학교 교장으로 재직하던 시기에 영구한 교사 하나를 건축하고 싶어하였던 채핀 선교사의 소박한 꿈이 실현되어 1940년 6월 21일 오전 10시 만주신학교의 교사 봉헌식도 거행되었다.[40] 그 직후 그는 만주신학교 일로 피곤하고 분주한 와중에서도 1940년 6월 25일부터 30일까지 개최된 동북만주교역자수양회에 참석하여 강연회를 통해 잔잔한 감동을 교역자들에게 선사했다.

> 또 만주신학교교장 정경옥씨가 골몰무가泪沒無暇중임에도 불구하고 내참하여 감리교회의 교리에 대하여 삼차강연을 하였는데 회원들의 특청에 의하여 매일 두시간반동안식 계속강연을 하였으되 좀 더 하였으면 하는 태도 중에서 강연을 필하였으니 기여는 불언가상不言可想이며 또 정경옥 자신이 특성적 정신으로 만주선교사업에 헌신한 것을 자세히 알고 모든 회원들은 일층 더 분발하게 되었으며……[41]

이처럼 정경옥은 만주신학교와 기독교조선감리회의 만주 선교 사업에 일조하였건만 결국 외부적인 환경에 의해 정경옥은 그 뜻을 접어야만 했다. 즉 1941년 일제의 종교정책에 의해 만주국에 있는 장로교, 감리교, 성결교, 조선기독교회, 동아기독교회 등이 11월 26일과 27일을 통하여

---

39 http://blog.daum.net/woonjae927/15966233 이 글은 장현심이 큰 오빠인 장돈식의 출생에서 결혼까지, 그리고 그의 마지막 죽음에 관한 내용을 기록한 것이다.
40 "인사집회", 「조선감리회보」제8권 제7호(1940. 7), 2.
41 "전만교직자수양회대성황", 「조선감리회보」제8권 제8·9호 (1940. 9), 14.

신경에서 합동총회를 가지고 '만주조선기독교회합동교회'의 결성식을
갖게 되었다.[42] 이로 인해 만주신학교도 자연스럽게 폐쇄되었고, 그 대신
에 만주국에는 봉천시 대화구에 만주신학원이 설립되었다.[43]

---

42 "만주조선기독교회합동결성식", 「조선감리회보」제9권 제12호(1941. 12), 6.
43 "만주신학원개원", 「기독교신문」(1942. 5. 6), 5; "만주신학원 제1회 졸업식 거행",
「기독교신문」(1943. 5. 5), 6.

朝ノ西洋新ニ学問ヲ研究レテ将来我朝鮮ヲ相当曽
繊プル人物プル青年タクシニトク邦望ス

大韓元年一月一日

補御風

◎学生父兄諸位

7장

教區長　鄭景玉

교구장
정경옥

제1회 전남교구 회의록
교구장 도전일청(정경옥)

광주지역 지교회사 효시

광주 금정교회 앞에서
교회 청년들과 함께(1944)

정경옥은 만주신학교가 폐쇄되면서 더 이상 만주에 머물지 않고 다시 고향인 진도로 귀향했다. 그가 고향인 진도에 돌아온 직후 가족에게 던진 말은 "너무 추워서 혼났다"라는 단 한마디뿐이었다고 한다.[1] 이 말은 만주의 지역적 특성을 한마디로 압축한 말[2]이기도 하지만 그가 만주신학교 교장으로 재직하면서 일제 당국으로부터 느꼈을 마음의 겨울 추위를 함축적으로 담아낸 표현이기도 하리라 짐작된다.

그가 고향으로 돌아온 직후 그는 재차 감옥에 수감되는 수난을 경험했다. 이때 감옥에 수감되는 사유에 대하여 크게 두 가지 설이 제기되고 있는데, 그 한 가지 가설은 사상범 설이다. 이러한 사상범 설은 정경옥이 석방된 이후의 행적과 밀접한 관련을 맺고 있다는 점에서 주목되는데, 정경옥의 영향을 받은 바 있던 김천배는 이렇게 주장하고 있다.

> 마지막으로 선생은 피끓는 애국자였다 그 당시의 선배 애국자들의 공통된 운명이 그러한 것이었듯이 그 역시 '강간당한' 애국자였다. 향리인 진도의 경찰서에서 팔개월을 썩고난 후 그는 일본적 기독교

---

1 선한용, "철마 정경옥 교수의 생애에 대한 재조명", 15.

2 이환신은 만주 지역의 특성에 대하여 "만주라는 말만 들어도 몸써리 친다는 이가 많다. 칩기로 유명한 만주—치위가 떨어진다고 하면 밖에 나가서 눈을 감었다 뜨기 어렵게 시리 살 눈섭이 어러 맞붙는 곳"이라고 표현하고 있다. 이환신, "만주왕래기", 「감리회보」제5권 제1호(1937. 1), 5.

단을 형성하라는 명령을 받고 출감하여 광주에 자리잡았다.[3]

또 다른 한 가지 가설은 김천배의 사상범설을 부인하면서 그는 단순히 미국 스파이로 밀고당해 비교적 짧은 구류를 살았으며, 더욱이 감방 안에서 수감생활[4]을 통해서도 자신을 밀고한 원수까지도 사랑하는 삶을 실천하던 중 석방되었다는 것으로 선한용 교수가 강력하게 주장하고 있는 설이다.

> 그런데 1941년 12월 7일 (태평양전쟁이 일어난 전날 밤, 만주에서 돌아온 지 얼마 안 되어) 온 식구가 자고 있는데 일본 경찰들이 방으로 들어와 정경옥 교수를 미국의 스파이라고 말하면서 연행해 갔고 모든 서랍과 책을 뒤져보며 많은 책을 뜰에다 끄집어내어 놓고, 불을 질렀다. 이 광경을 보고 온 집안 식구들이 울었다. 정우현 박사는 이 사건을 생생하게 지금도 기억하고 있다. 후에 알게 된 일이지만 그를 미국의 스파이라고 해서 구금한 배후에는 그 지방에서 어떤 사람이 정경옥 교수의 부친과 어떤 일로 분규가 있었는데 앙심을 품고 정경옥 교수를 미국의 스파이라고 경찰에 투서를 했다는 것이다. 이것은 가정 내에서만 알고 있는 사실이었다. 그리고 같은 미국 스파이라고 투옥되어 옥살이를 한 채길용 장로(목포 용해동 759)가 쓴 "정경옥 목사와 같이 유치장 생활 73일"의 글에도 이 내용이 잘 나타나 있다.
>
> 그는 곧 진도경찰서에 연행되어 경찰서 감방에 20일간 구금되었다

---

3 김천배, "고 정경옥 교수의 편모", 27.
4 그는 수감생활 중에도 많은 사람들에게 영향을 끼쳤다고 기록해 주고 있다. 즉 그는 당시 일본 고등계 형사나 혹은 감방에 있는 간수(순경)들과 접촉하면서 그들에게 깊은 영향을 끼쳤다고 한다. 그래서 감옥에서 나온 후에도 그때 감방에서 알게 된 간수나 경찰관과 만나게 된다는 것이다. 차풍로, "정경옥의 신학과 생활에서 본 인격주의교육", 86-87.

가 목포경찰서로 이송되었다. 목포경찰서에서는 근거가 없다는 이유로 3일 후에 그를 다시 진도경찰서로 환송했다. 그러나 진도경찰서는 '스파이 방지책'이라는 이유로 그를 계속 구류시켜 두었다.

또 하나 언급하고 싶은 것은 정경옥 교수를 미국의 스파이라고 모함한 이기행이라는 사람이 나중에 체포되어 진도경찰서의 같은 감방에 함께 있게 되었는데 그에게 정교수가 베푼 친절과 사랑은 같은 감방에 있는 사람들을 놀라게 했다고 한다. 사모님이 식사를 가지고 오면 그 밥을 이기행에게 주고 자기는 관식(서에서 주는 음식)을 먹기도 했다는 것이다. 그리고 "타인을 위한 것이 결국 자기가 사는 길이 된다"는 설교를 자주 감방에서 했다 한다. 진도경찰서는 정교수를 더 이상 구류할 이유가 없어 73일만에 그를 석방했다. 그는 석방된 후 계속 진도에 머물고 계셨다.……

여기에서 꼭 집고 넘어가야 할 것이 하나 있다. 그것은 일제 말엽에 정교수가 광주에 와서 목회를 하게 된 것은 "일본적 기독교단을 형성하라는(진도경찰서의) 명령을 받고 출감하여 광주에 자리잡았다"는 글이다(「기독교사상」, 1958. 5). 그러나 이것은 사실과 좀 다르다는 것을 지적해 둔다. 정교수가 두 번째 진도경찰서에 구류된 기간은 73일간이지 8개월이 아니며, 구류된 이유도 위에서 말한 것이었지 사상관계는 아니었다. 또한 진도서의 감방은 '일본적 기독교'라는 논문을 쓸 수 있는 환경도 되지 못하였고 또한 그런 일도 없었다고 가족들은 말한다. 정교수의 '일본적 기독교'라는 논문은 언제 썼는지는 몰라도 결론은 미묘한 논리로 "불가능하다"는 것을 표현했다고 그것을 다 읽어본 김천배 선생이 나에게 친히 말해 주었다.[5]

선한용은 정경옥의 수감 생활의 원인과 수감 기간의 근거로 정경옥과

---

5 선한용, "철마 정경옥 교수의 생애에 대한 재조명", 15-17.

함께 수감생활을 하였던 당시 진도군 의신면 칠전리 소재 칠전교회의 전
도사였던 채길용의 "정경옥 목사와 같이 유치장 생활 73일"을 들고 있다.[6]
하지만 나는 두 가지 가설 가운데 감옥에서의 석방 이후에 전개되는 정
경옥의 행적과 관련시켜 유추하면 전자가 더 유력한 것으로 판단된다.

어쨌든 그는 감옥에서 석방된 이후 색다른 행보를 했다. 그는 일단 감리
교 연회에서 퇴회하였기에 목회자로서는 자유로운 신분이었다. 다시 말해
그는 감리교회 신학자, 교수였는지는 모르겠지만 더 이상 감리교회 목회자
는 아니었다. 이런 의미에서 한숭홍이 그의 전남 광주중앙교회로의 파송
이 마치 감리교회에서 파송한 것처럼 기록하고 있는 것은 명백한 오류다.

> 1943년 2월부터 그는 2년간 전남 광주 기독교회(현재 광주중앙교회) 목
> 사로 시무했다. 이때는 일제 말엽으로 기독교의 일본화가 진행되며
> 변질이 심해졌던 시기였고, 특히 정경옥을 파송한 감리교회 지도자
> 들인 양주삼, 윤치호, 정춘수, 신흥우, 김영섭, 이윤영, 유형기 등은
> 이른바 감리교 '내선일체'라고 불려지는 일본교단에의 합병으로 '기
> 독교 조선 감리교단'이란 새 체제를 갖추면서 일본화를 더욱 구체화
> 하기 시작했다.[7]

이 글에서 보는 바와 같이 그의 목회 현장 복귀는 감리교회가 아닌 장

---

6 나는 이 자료의 입수를 위해 선한용 교수와 전화 통화를 통해 감리교신학대학 역사박
  물관에 기증하였다는 말씀에 감리교신학대학 역사박물관을 방문하였으나 결국 역사
  박물관의 자료 유실로 입수하지 못했다. 여기서 언급되고 있는 채길용은 정경옥이 진
  도에 머물던 시기에 진도군 의신면 칠전리 소재 칠전교회의 전도사로 활동하던 목회
  자였다. 하지만 해방 이후 그는 목포동부교회 장로로서 봉직했다. 『조선예수교 장로
  회 제29회 전남노회록』, 45; 『조선예수교 장로회 제31회 전남노회록』, 7 ; 전남노회
  노회록 발간위원회 편, 『전남노회 노회록 제1집』 (광주: 한국기독교장로회 전남노회.
  1986), 50 참조.
7 한숭홍, 『한국신학사상의 흐름(상)』 (서울: 장로회신학대학교 출판부, 1996), 186.

로교회를 통해서 이루어졌는데, 그것은 순전히 개인적인 차원에서 행해진 것일 뿐 감리교회와는 아무런 상관이 없는 것이었다. 이러한 개인적인 목회 현장 복귀에 대하여 두 가지 가설이 존립하고 있다. 먼저 대두된 것은 일제의 지령에 의한 타의설이다.

> 향리인 진도의 경찰서에서 팔개월을 썩고 난 후 그는 일본적 기독교단을 형성하라는 명령을 받고 출감하여 광주에 자리잡았다. 나는 우연히 광주로 향하는 선생을 목포역 구내에서 만나 동승하여 광주로 올라 왔다. 나의 그를 바라보는 눈초리는 항의의 불을 뿜고 있었던 모양이다. 그는 내 손을 힘 있게 쥐며 "생각한 바가 있어"라고 한마디 할뿐이었다. 그의 생각이란 다른 것이 아니었다. 발악하는 일본의 진상과 말로를 다 재어 본 그는 감방에서 썩느니보다 차라리 기회를 이용하여 갑자기 오고야 말 새 한국의 일꾼을 양성하자는 것이었다. 그의 이 생각은 진실했다.[8]

또 다른 하나는 일제의 지령에 의해 타의적으로 광주중앙교회에 부임한 것을 전적으로 부인하면서 광주 교계 평신도 지도자들의 권유에 의해 자의적으로 광주중앙교회에 부임했다는 자의설이다.

> 일제는 1939년 종교단체법을 공포하여 각 도시에는 하나의 교회만 두어 통합하게 하고 다른 교회들은 폐쇄하도록 했다. 그런 중 광주에서는 광주중앙교회와 양림교회 두 교회에서만 예배를 드리도록 허락했다. 이때(1942년) 중앙교회 장로님들(주형옥 장로와 서 장로 등)이 진도에 내려와 정경옥 교수를 설득하면서 " 광주에 있는 교회를 문 닫은 체 두지 말고 어떻게 해서라도 문을 열어 예배를 드리도록 하고, 전

---

8 김천배, "고 정경옥 교수의 편모", 27.

쟁 후를 대비해서 교회 지도자들을 길러야 하지 않겠습니까? 꼭 오
셔서 교회를 돌봐 주십시오"라고 간청했다. 그러나 정경옥 교수는
"곧 새 시대가 오는데 왜 내가 가야하냐?"라고 말씀하시면서 그 요
청을 거절했었다.

두 장로님은 후에 다시 진도에 내려가 또 간청을 하며 "선생님이 오
셔야지 신도들을 이대로 방치해 둘 수는 없지 않습니까?"(정경옥 교수
의 큰딸과 김학준씨의 말의 내용이 같음)라고 간청을 했다. 이 두 번째의 간청
을 거절 못하고 수락하여 1942년 말경에(정우현 박사가 광주 서석초등학교 4
학년에 편입했을 때) 광주중앙교회로 와 교회 사택에서 사시면서 중앙장
로교회와 양림장로교회의 예배를 격주로 인도하셨고, 그의 부목의
일은 성갑식 목사, 백영흠 목사, 이준묵 목사가 맡아했다. 여전도사
의 일은 2003년에 작고하신 조아라 장로님이 맡아 하셨다. 정경옥
교수는 목회를 하시면서, 주로 교회지도자들을 은밀히 교육시키셨
고, 일본당국을 설득하여 문을 닫은 금동장로교회를 열어 주일학교
교육을 계속하도록 했다.[9]

이 글에서 정경옥을 찾아왔다고 언급되고 있는 두 명의 장로 가운데
구체적으로 그 이름이 적시된 주형옥 장로는 1939년 목포 양동교회에서
광주중앙교회로 이임해 온 장로였다.[10] 그는 전남노회 서기로 오랫동안
활동하였는데,[11] 일제 말기 향천형옥香川亨玉으로 창씨개명을 하였고,[12] 전

9 선한용, "철마 정경옥 교수의 생애에 대한 재조명", 16-17.

10 광주중앙교회 팔십년사 편찬위원회, 『광주중앙교회 80년사』(광주: 대한예수교장
로회 광주중앙교회, 1998), 101.

11 전남노회 노회록 발간위원회 편, 『전남노회 노회록 제1집』, 641-42에 보면 주형옥은
1934년, 1935년, 1937년, 1938년에 개최된 전남노회에서 서기로 활동한 것으로 기록
되어 있다.

12 "인사", 「기독교신문」(1943. 2. 24), 4.

남노회 안에서는 대표적인 친일파였다.[13] 또한 정경옥의 가족들이 그 이름을 구체적으로 적시하지 못하고 있는 또 다른 광주중앙교회 서 장로는 서한권 장로로 추정되고 있다.[14]

이와 같이 제기된 두 가지 가설은 각기 독립적인 설이 아니라 사실상 상호 보완적인 설로 판단된다. 다시 말해 정경옥은 수감생활을 통해 소위 변절하게 되었고, 이처럼 변절한 정경옥을 광주중앙교회 담임자로 청빙하기 위한 모양새를 갖추기 위해 두 장로가 진도에 기거하고 있던 정경옥을 찾아왔을 개연성이 가장 농후하다. 광주중앙교회의 기록에 의하면 당시 전남노회장이었던 최병준宇田宗司 목사[15]가 시무하던 중 1943년 4월

---

13 90년사 자료집 발간위원회 편, 『양림교회 90년사(자료집 제1권)』(광주: 광주양림교회, 1995), 108-9 참조; 주형옥 장로는 해방 후인 1956년 장로회신학대학을 졸업하고 대한예수교장로회 전남노회에서 목사 안수를 받고 호남 지역에서 계속적으로 활동하는 가운데 호남신학원 원장직무대리, 호남신학대학 이사장, 전남노회장, 수피아 간호학교 이사장을 역임하기도 했는데, 대한예수교장로회 성암교회(전북 소재)에서 은퇴하여 미국으로 건너갔다. 전남노회 75년사 발간위원회 편, 『전남노회 75년사』(광주: 대한예수교장로회 전남노회, 1993), 107, 역대노회장 사진 참조; 호남신학대학교 45년사 편찬위원회 편, 『호남신학대학 45년사』(광주: 호남신학대학교, 2002), 95, 240-41; 기독교대백과사전편찬위원회 편, 『기독교대백과사전 14』(서울: 기독교문사, 1984), 부록 한국기독교총람 "주형옥" 참조.

14 "서한권장로임직", 『기독신보』(1934. 9. 26), 2. 서한권 장로의 장남이 서동익이다.

15 김수진, 『서림교회 60년사』(광주: 대한예수교장로회 서림교회, 2007), 251에서는 우전종사가 부전종사富田宗司로 오기되어 있으며, 이러한 부전종사가 김종인이라고 기록되어 있다. 또한 강민수, 『호남지역 장로교회사』(파주: 한국학술정보, 2009), 137에도 부교구장에 우전종사(김종인)로 기록되어 있다. 하지만 우전종사는 김종인이 아니라 최병준으로 파악된다. 왜냐하면 『조선예수교장로회 전남노회 제삼십사회 회의록』(1942), 1에 기록된 우전종사의 주소인 광주부 명치정 4정목 79번지와 『조선예수교장로회 전남노회 제삼십오회 회의록』(1943), 2에 기록된 우전종사의 주소인 순천군 순천읍 매곡리 48번지 순천중앙교회에 일치되는 인물은 최병준밖에 없기 때문이다. 더군다나 기독교대백과사전편찬위원회 편, 『기독교대백과사전 14』, "최병준" 항목에 나타난 최병준과 일치하는 데다가 기독교대백과사전편찬위원회, 『기독교대백과사전 3』(서울: 기독교문사, 1981), "김종인" 항목에 보면 김종인은 1940년 이후 전북노회로 이동한 것으로 기록되어 있다. 차종순, 『양림교회 백년사(I)』(광주: 기장 양림교회·통합양림교회·개혁양림교회, 2003), 325에 보면 차종순도 우전종사를 최병준으로 보고 있다.

17일[16] 순천지역으로 이동한 것으로 기록하고 있는데,[17] 이 기록으로만 보면 엄연히 광주중앙교회 담임자가 있는 상황에서 1942년쯤 두 장로가 진도에 있는 정경옥을 찾아온 것인데, 그렇다면 그것은 광주중앙교회에 대한 일제의 개입을 더욱 명확히 해 주는 것이다. 당시 일제는 1940년 11월부터 한국 내 모든 선교사들을 강제적으로 추방[18]시키기 시작한 가운데 전남지역에서도 마지막으로 1942년 6월에 추방[19]시킨 이후 노골적으

---

16 광주중앙교회 칠십년사 편찬위원회『광주중앙교회 70년사』(광주: 대한예수교장로회 광주중앙교회, 1987), 66; 광주중앙교회 팔십년사 편찬위원회, 『광주중앙교회 70년사』, 105.

17 『조선예수교장로회 전남노회 제삼십오회 회의록』(1943), 2에 보면 전남노회 제35회 노회에 참석할 때 우전종사의 주소가 순천군 순천읍 매곡리 48번지로 되어 있으며, 이 노회가 해체되고 전남교구가 창립되었을 때 부교구장으로 선출된 것으로 기록되어 있으며, 또한 기독교대백과사전편찬위원회 편, 『기독교대백과사전 14』, "최병준" 항목에 보면 1943년 순천중앙교회에 부임하였다라고 기록되어 있다. 이러한 기록으로 판단할 때 최병준 목사는 광주에서 순천으로 목회지를 이동한 것으로 사료되며, 부교구장으로 선출된 것으로 보았을 때 표면적으로 일제에 협력한 것으로 사료된다. 더군다나 강민수, 『호남지역 장로교회사』, 138에 보면 우전종사는 도전일청이 별세한 이후 잠시 교구장으로 활동한 것으로 기록되어 있다. 하지만 이러한 기록과는 전혀 상반되는 기록도 있다. 광주중앙교회 칠십년사 편찬위원회, 『광주중앙교회 70년사』, 65에 보면 "본 교회는 최병준 목사와 유추동 전도사를 중심으로 반대운동을 적극 전개하였는데, 교회의 그릇과 종을 공출供出하지 않은 것, 일본말로 설교를 하지 않은 것 등을 이유로 주일예배가 있은 다음에는 예외 없이 목사와 전도사가 연행되어 가 며칠씩 고문을 당하는 것이 예사였다. 1943년 일제는 광주에서 일본정책에 가장 반대하는 주모자라 하여, 본 교회의 최병준 목사, 유추동 전도사 등을 체포하려 했다. 부득이 최목사 등은 피신하게 되었는데 최목사는 피신도중 순천중앙교회에서 체포되어 대구형무소에서 4개월간 옥고를 치르고 출옥하였으나, 8·15해방을 앞둔 1945년 5월 5일에 별세하고 말았다. 유전도사는 화순 동복교회로 피신하여 갖은 고생을 다하다가 마침내 8·15 해방을 맞아 보성율어 장동교회를 신축하고 봉사하게 되었다"라고 기록해 주고 있다. 이러한 기록으로만 보면 최병준 목사는 순천에 목회지 이동을 한 것이 아니라 일제의 압박을 피해 피신을 한 것이고, 또한 일제에 전혀 협력하지 않아 수난을 당한 목회자로 비추어지고 있다. 이 두 기록간의 현격한 차이에 대한 면밀한 검토 작업이 필요하다.

18 "선교사 인퇴", 「조선감리회보」제8권 제12호(1940. 12), 8.

19 이덕주, 『광주 선교와 남도 영성 이야기』(서울: 도서출판 진흥, 2008), 94-95에 보면 1940년 11월 한국에 있던 선교사들이 '마리포사호'를 타고 철수한 후에도 전남 광주에 남아 있었던 선교사들은 루트와 닷슨M. Dodson 등 독신 여선교사 두 명과 선교부의

로 일본적 기독교의 건설을 위해 매진하고 있는 상황이었다.[20] 이러한 상황 하에서 전남지역의 가장 유력한 교회 가운데 하나인 광주중앙교회의 담임자를 두 장로가 독단적으로 초빙하였을 리는 전혀 만무하며, 일제당국과의 사전 교감이 있었을 것으로 추정된다. 그리하여 정경옥은 1942년 연말[21]에 광주중앙교회에 부임한 것으로 추정된다.

그가 광주중앙교회로 부임한 직후 일제에 의해 일본적 기독교 완성을 위한 획기적인 조치들이 취해졌다. 그것은 곧 1943년에 접어들면서 장로교회, 감리교회, 성결교회, 구세군, 일본 기독교구회 등 5개 교파의 대표들이 모여 시도된 교파 합동이 무산되면서 개별적으로 일본 기독교에 예속시키는 작업이 진행된 것인데, 1943년 5월에는 장로교회가 '일본기독교조선장로교단'으로, 8월에는 감리교회가 '일본기독교조선감리교단'으로 각각 개칭하게 되었다.[22] 이에 따라 장로교회는 1943년 5월 7일[23] '일

재산관리를 위해 타마자John Van Neste Talmage 선교사 부부가 계속 잔류해 있다가 첩자 협의로 태평양 전쟁 발발 직후 타마자 선교사는 1941년 12월 8일 당국에 의해 체포 구금되고 여자 선교사들은 수피아 홀에 연금되는 수난을 겪었는데, 이때 여자 선교사들에게 감시를 피해 몰래 여러 가지 사식과 옷가지를 넣어주던 교인들까지 첩자로 체포되기도 했다. 그 대표적인 사례가 조아라의 경우라고 기록해 주고 있다. 특히 타마자 선교사는 만 4개월의 옥고를 치르고 나서 1942년 4월 9일 방면이 되었다가 1942년 6월 귀환 길에 오르게 됨으로써 전라남도 지역에서 마지막으로 철수한 선교사가 되었다. 이때 옥중일기를 기록하였는데, 이를 번역한 것이 타마자, 『한국 땅에서 예수의 종이 된 사람』, 마성식·채진홍·유희경 옮김(서울: 한국장로교출판사, 1998); 존 텔미지, 『그리스도를 위해 갇힌 자』, 한인수 옮김(서울: 도서출판 경건, 2003)이다.

20 덕천인과 편, "전남", 『조선야소교장로회총회 제31회회의록』(서울: 조선야소교장로회 총회사무국, 1943), 73-74; 남태섭·이치우 편, 김남식 역, "전남", 『제31회 총회회의록』(서울: 대한예수교장로회총회, 2010), 82 참조.

21 선한용, "철마 정경옥 교수의 생애에 대한 재조명", 16. 차종순, 『송정제일교회 100년사』(광주: 송정제일교회 100주년기념사업위원회, 2001), 230-31에 보면 그는 1943년 3월 송정읍교회 당회장으로서 행보가 담긴 흔적으로 볼 때 그 이전에 부임한 것으로 사료된다.

22 대한예수교장로회총회역사위원회 편, 『대한예수교장로교회사(상)』(서울: 한국장로교출판사, 2003), 452.

23 "소화18년 5월 7일에 창립한 일본기독교조선장로교단을 부인하는 이유", 「기독교

본기독교조선장로교단'을 발족하면서 종전의 '조선예수교장로회 총회'
산하 27개 노회는 15개 교구로 축소하여 개편되었는데,[24] 전남노회는 이
미 1943년 1월 11일 장로회 총회 중앙상치위원회가 경성 서대문정 총회
사무소에서 모인 가운데 전남노회에 순천노회의 합병이 결의된 상황이
었다.[25]

그리하여 전남노회는 장로교회 노회들 가운데 맨 먼저 일본기독교조
선장로교단 체제로 전환했다. 즉 전남노회는 1943년 5월 6일 제35회 광
주부 양림정 전남노회 회관에서 전남노회를 개최하였는데, 목사 16명,
장로 24명, 원로목사 2명, 방청전도사 9명 등 합계 51명이 참석했다.[26] 이
노회에 정경옥도 창씨개명한 도전일청(島田—淸시마다 가쓰기요)[27]으로 참석하
고 있었는데, 그의 주소는 광주부 명치정 4정목 79번지 광주중앙교회로
되어 있었다.

이렇게 그가 참석한 제35회 전남노회에서는 전남노회를 해산하고 전
남교구를 조직했다.[28] 교구 규칙을 제정하고 드디어 5월 7일 교구 역원들

신문」 (1943. 8. 25), 1; 김남식, 『신사참배와 한국 교회』 (서울: 새순출판사, 1990),
91에 보면 나와 동일한 원 출처를 인용하고 있지만 신문이 발행된 시점이 1943년 8월
25일로 오기되어 있으며, 일본기독교조선장로교단의 창립 날짜도 5월 8일로 오기되
어 있다.

24 광주교회사연구소, 『광주제일교회 100년의 발자취』 (광주: 광주교회사연구소,
2005), 84.

25 "장로회총회중앙상치위원회", 「기독교신문」 (1943. 1. 13), 6; 김수진, 『서림교회
60년사』, 251에 전남교구는 과거 전남노회, 순천노회, 제주노회를 해산하고 전남교
구가 되었다라고 기록하고 있는데, "제주교구조직상황", 「기독교신문」 (1943. 6.
16), 2에 보면 제주노회는 1943년 6월 1일 제주읍 서문통교회당에서 제주교구를 조
직하고 있다. 이로 볼 때 전남교구는 이미 합병되었던 전남노회와 순천노회로만 재조
직된 것으로 사료된다.

26 『조선야소교장로회전남노회 제삼십오회 회의록』 (1943), 1.

27 그가 창씨로 사용한 '도전島田'은 농토가 비옥하였던 진도를 뜻하는 것으로 풀이된
다. 이런 측면에서 정경옥의 창씨개명은 그가 다시 한 번 진도사람임을 드러낸 것으
로 보인다.

28 『조선야소교장로회전남노회 제삼십오회 회의록』 (1943), 11. 강민수, 『호남지역 장

을 무기명 투표로 선출했는데, 특히 정경옥을 일본기독교조선장로교단의 전남교구장으로 선출[29]한 것을 비롯하여 임원진을 구성했다.[30] 이때의 광경을 다음을 같이 기록하고 있다.

5월 7일 오전 9시 회 장소에 있어서 국민의례를 거행하고 신붕(神棚, 가미다나) 봉배를 한 후……본 교구회의 역원은 무기명 투표에 의하여 다음과 같이 선거함.

교 구 장   도전일청(島田一淸, 정경옥)
부교구장   우전종사(宇田宗司, 최병준)
부교구장   원전순영(原田順永, 이순영)
의   장   김천윤식(金川允植, 김윤식)
부 의 장   김본태호(金本泰鎬, 김태호)
서   기   향천 홍 (香川 弘, 장로)
서   기   광원창권(光元昌權, 원창권)[31]

비록 무기명 투표라는 선거 형식을 취하고 있지만 내막은 일제의 임명이었다고 해도 결코 과언이 아니다. 이로써 1943년 4월 감리교회측이 장로교회의 경기노회 부회장이었던 전필순과 손을 잡고 '조선기독교혁신교단'(The Federation of Reformed Church of Korea)을 출현시킨 가운데 전필순이 이

로교회사』, 184에서 재인용

29 김수진, 『광주제일교회 100년사』, 299에는 정경옥 목사가 전남교구 목사들의 권유로 전남교구장을 맡은 것으로 기록하고 있다.

30 김수진, 『서림교회 60년사』, 251에서는 이때 부교구장에 가네무라金川允植, 도미다富田宗司(김종인, 영광법성포교회)가 선출된 것으로 기록되어 있는데, 이것은 오류다.

31 『조선야소교장로회전남노회 제삼십오회 회의록』(1943), 28-29.

교단의 통리로 추대되어 일시적이나마 수장이 되었던 것과 같이 감리교회 신학자요 한때 감리교회의 목회자였던 정경옥도 장로교회의 주요 조직체의 수장이 되는 파격적 사건이 발생한 것이다.[32]

이처럼 전남교구장이 된 정경옥은 전남교구 내에 있는 교회들의 합병 작업[33]의 진행을 위해 우선적으로 교역자들에 대한 정리 작업을 불가피하게 단행하였는데, 그는 전남교구장으로서 교구 내의 교역자 임명권 등 막강한 권한을 행사했다.[34] 특히 그는 전남교구장으로서 가장 고민스러웠던 지역은 바로 그 자신이 주관자였던 광주지역이었을 것이다. 그는 광주지역의 교회 합병을 위한 사전 정지 작업으로 광주지역의 교역자 정리 작업을 할 때, 광주양림교회 담임자인 김창국金丼和國 목사와 금정교회 담임자인 이경필廣木道 목사는 일본어로 설교할 수 없었기 때문에 퇴출되었다고 전해지고 있다.

일본기독교 조선교단이 출범하면서 일본어로 설교할 수 없었던 이경필 목사는 일제의 강제에 의해 금정교회를 사임하였으며, 역시 양림교회 김창국 목사도 일본어로 설교할 수 없어서 떠나게 됐다.[35]

---

32 대한예수교장로회총회역사위원회, 『대한예수교장로교회사(상)』, 452 참조.

33 김수진, 『호남선교 100년과 그 사역자들』(서울: 고려글방, 1992), 210-12; 전남노회 75년사 발간위원회 편, 『전남노회 75년사』, 189-190에 보면 목포 양동교회 박연세 목사는 전남노회의 신사참배 결의 이후 천황제가 갖는 우상 숭배의 특성을 역설하는 설교를 거듭하고 자신의 사역하는 목포 지역의 교회들이 일본 기독교 교단에 흡수되는 일과 교회가 합병되는 일에 반대한 것을 계기로 일제에 의해 체포되어 재판을 통해 대구형무소에 수감생활을 하다가 감방에서 옥사하고 말았다고 한다. 이러한 일제에 대한 적극적 저항은 현실적 순응의 길을 택한 정경옥과 비견된다고 할 수 있다.

34 해암 이준묵 목사 팔순기념문집풀관위원회 편, 『참의 사람은 말한다』(서울: 대한기독교교서회, 1992), 175.

35 김수진, 『광주제일교회 100년사』(광주: 대한예수교장로회 광주제일교회, 2006), 299.

더 나아가 정경옥이 당회장으로 관리하에 있던 광산군 송정읍 소재 송정읍교회 김태호金本泰鎬도 1943년 목사직을 박탈당하여 송정읍교회를 떠나게 된 것으로 기록되어 있는데,[36] 이것은 사실과는 다른 오류일 개연성이 높다.[37]

아무튼 이와 같이 광주지역 교역자들을 퇴출시킨 후 광주지역에 있는 교회들의 합병 작업이 가시화되었다. 당시 여전도사로 활동하였던 조아라[38]는 그 구체적 교회들을 명시하지는 않은 채 광주부에 소재한 여덟 개의 교회가 합병하였다는 것만 증언하고 있다.[39]

이런 가운데 현재 광주지역에서 발행된 지교회사들은 광주 시내에 소재한 교회들 가운데 합병되지 않고 남겨진 교회에 대해서 금정교회는 교구 사무실로 사용하고 중앙교회와 양림교회에서만 예배를 드리게 하였다는 데에서는 완전히 일치된 진술을 하고 있다.[40] 이런 가운데 남겨진 교회 중에서도 양림교회는 일제 말엽에는 무기고로 사용되었다고 한다.[41]

그렇지만 광주 지역에서 합병된 교회들에 대해서는 그 서술들이 모두

---

36 차종순, 『송정제일교회 100년사』, 229.

37 『조선예수교장로회 전남노회 제삼십오회 회의록』(1943), 2에 보면 김태호 목사는 나주읍 서문정 10번지로 되어 있어 1943년 당시 김태호 목사는 송정읍교회가 아닌 나주읍교회에 시무하고 있었으며 이 노회에서 부의장으로 수고하기도 했다. 또한 이와는 달리 김종환, 『나주교회구십오년사』, 113에 보면 김태호 목사는 1942년 2월 8일에 나주읍교회에 시무하던 중 1943년 2월 20일 사임한 것으로 기재되어 있어 면밀한 검토가 필요하다.

38 "조선야소교장로회총회 여자대표자연성회성황", 「기독교신문」(1943. 4. 14), 4에 보면 조아라는 3월 5일부터 8일까지 경성 대화숙에서 장로회총회연맹 주최로 개최된 여자대표자 연성회 전남대표로 참석하고 있다.

39 소심당 조아라 장로 희수기념문집 간행위원회 편, 『소심당 조아라 장로 희수기념문집』(광주: 도서출판 광주, 1989), 387.

40 해암 이준묵 목사 팔순기념문집출판위원회 편, 『참의 사람은 말한다』, 175.

41 90년사 자료집 발간위원회 편, 『양림교회 90년사(자료집 제1권)』, 109; 광주교회사연구소, 『광주제일교회 100년의 발자취』, 84.

제각각이었다. 『송정제일교회 100년사』나 『양림교회 백년사(I)』[42]는 광주 지역의 교회 합병에 대하여 다음과 같이 서술하고 있다.

1943년 일제는 기독교계를 통합시키기 위하여 교파간의 구별을 제거하고 '일본기독교 조선교단'이라는 새로운 교회를 탄생시켰다. 그리하여 각 지역마다 교구장을 하나씩 두고, 그 밑에 전도사를 배치했다. 그리고 교파의 통폐합에 따른 교회당의 통폐합이 이루어졌다. 예를 든다면 제주도를 포함한 전라남도에는 교구장 정경옥 목사(감리교신학대학교 교수)가 책임지고 그 아래에 백영흠·성갑식·조아라 등의 전도사가 전 지역의 교회를 돌보았다. 그리고 광주시내는 교구장이 금정교회에 머물면서 양림교회와 중앙교회에서만 예배를 드리게 했다. 따라서 향사리교회, 구강정교회, 일곡동교회, 유안동교회 등은 교회를 폐쇄하고, 그 건물을 팔아서 비행기, 고사포, 환자용 앰블런스 등의 전쟁물자를 구입하는데 사용했다.[43]

---

42 차종순, 『양림교회 백년사(I)』, 363에 보면 대한예수교장로회의 통합측과 개혁(현재 합동)측 그리고 한국기독교장로회측이 합의하에 합동으로 진행하게 되었다. 이것은 광주지역에서 광주제일교회와 양림교회 사이에 어떤 교회가 가장 오래된 교회인가라는 문제로 갈등이 첨예하게 진행된 바 있던 광주지역에서 에큐메니컬 정신으로 교파간 화해를 모색한 모델이었다. 김수진, 『광주 초대교회사연구: 광주제일교회와 양림교회를 중심으로』 (전주: 호남기독교사연구회, 1994), 1; 이덕주, 『광주 선교와 남도 영성 이야기』, 25-37 참조. 다만 아쉬운 것은 통합측과 합동(구 개혁)측은『양림교회 백년사(II)』를 발행할 때 해방 이후부터 기록하고 있으나 기장은 다시 연규홍에 의해서 창립 시기부터 재차『양림교회 백년사』를 집필한 것은 아쉬운 면모라고 할 수 있다. 차종순, 『광주양림교회 100년사 II』 (광주: 대한예수교장로회(합동) 광주양림교회, 2006); 차종순, 『양림교회 100년사(II)』 (광주: 대한예수교장로회(통합) 광주양림교회, 2009).

43 차종순, 『송정제일교회 100년사』 (광주: 대한예수교장로회 송정제일교회, 2001), 229; 차종순, 『양림교회 백년사(I)』, 328; 연규홍, 『양림교회 100년사』 (광주: 한국기독교장로회 양림교회, 2008), 92.

이 지교회사에 담긴 내용에는 적지 않은 문제가 있는데, 곧 향사리교회와 구강정교회는 결국 동일한 교회였고,[44] 일곡동교회는 광주부에 소재한 것이 아니라 인근 지역인 광산군 지산면 일곡리에 소재한 교회이며, 유안동교회는 미조직교회로서 교회 합병 대상이 아닌 것으로 파악되고 있다.

그 반면에 『광주계림교회』나 『광주월산교회 50년사』에서는 광주교회의 합병에 대하여 다음과 같이 서술하고 있다.

> 그렇다면 광주지역의 교회 통폐합은 어떠했을까? 장로교가 일본기독교조선장로교단으로 예속되면서 조선예수교장로회 전남노회 대신에 '일본기독교조선장로교단 전남교구'가 탄생됐다. 교구장에는 감리교신학대학 교수를 지낸 정경옥 박사가 맡았다.
> 그리고 광주 시내의 모든 교회들을 하나의 교회로 통폐합시켰다.
> 당시 광주에는 금정교회(현 제일교회)를 비롯, 양림, 중앙, 구강정(현 서현교회), 신안리교회(현 신안교회), 중흥리교회(현 중흥교회), 누문정교회, 제일성결교회 등 모두 8개의 교회가 있었다.
> 이 여덟교회를 하나로 통폐합하여 광주교회라 명칭을 붙이고 예배 장소는 거리 관계상 중앙 양림교회 두 곳으로 하되 한 목사가 오전과 오후 예배로 나눠서 인도하도록 했다. 그러나 전쟁말기로 접어들면서 예배 장소를 단일화하고 양림교회는 무기고로 사용했다.[45]

이 지교회사들에 담긴 내용들도 역시 적지 않은 문제들을 포함하고

---

44 이영성 편찬, 『광주서현교회 90년사』 (광주: 대한예수교장로회 광주서현교회, 1998), 170에 보면 구가정교회의 전신은 향사리교회이다.

45 광주계림교회 50년사편찬위원회, 『광주계림교회 50년사』 (광주: 한국기독교장로회 광주계림교회, 1997), 202-3; 교회 50년사 편찬위원회, 『광주월산교회 50년사』 (광주: 대한예수교장로회 광주월산교회, 2002), 277.

있는데, 중흥교회[46]와 신안교회[47]는 당시 광주부에 소재한 교회도 아니었을 뿐만 아니라 미조직 교회이었으므로 교회 통폐합대상이 아니었다는 것이다.

이와 같이 광주 지역에서 근간에 발행된 지교회사들의 부실한 기록들 속에서 나는 당시 발행된 전남노회록을 통해서 그 정확한 단면을 파악할 수 있었다. 1940년 발행된 제32회 전남노회록을 통해 보면 당시 전남노회 광주 시찰지방에 소속된 광주부 소재의 교회들은 광주부 양림정 29번에 소재한 양림교회, 광주부 금정 126번지에 소재한 금정교회, 광주부 구강정 60-1호에 소재한 구강정교회, 광주부 누문정 185번지에 소재한 누문정교회, 주소 미상의 월산정 교회, 광주부 백운정 159번지에 소재한 백운정교회, 광주부 명치정 4정목 79번지에 소재한 광주중앙교회 등 모두 7교회였다.[48] 이 외에 또 다른 한 교회는 당시 광주부 명치정에 소재한 광주성결교회였다.[49] 1943년 12월 조선총독부령으로 성결교

---

46 광주중흥교회사진년감편찬위원회, 『광주중흥교회 80주년 기념 사진년감』 (광주: 대한예수교장로회 광주중흥교회, 1988), 4에 보면 1907년 광주군 서방면 중흥리 571번지에 소재한 것으로 기록되어 있는데, "제육호시찰구역교역자급교세표", 『조선예수교장로회 제31회 전남노회록』 (1939), 49를 통해서 확인할 수 있다. 하지만 대표자가 김용근金容根 집사로 되어 있어 미조직교회인 것으로 파악된다. 더군다나 "제육호시찰구역교역자급교세표", 『조선예수교장로회 제32회 전남노회록』 (1940), 56-61에 기재된 광주시찰지방내에는 중흥교회에 대한 기록이 나오지 않고 있다.

47 "제육호시찰구역교역자급교세표", 『조선예수교장로회 제31회 전남노회록』 (1939), 49에 보면 광주군 서방면 신안리 372번지로 되어 있으며 대표자가 여집사인 정청촌丁清村으로 되어 있다. 차종순, 『신안교회 80년사』 (서울: 대한예수교장로회 신안교회, 2005), 192-200에 보면 미조직교회였기에 목회자가 없는 관계로 성도들이 가정예배 형식으로 교회를 꾸려나가게 되었고 교회적으로 신사참배에 참여하지 않고 끝까지 믿음을 지켜나갔다고 기록되어 있다.

48 박석현 편, 『조선예수교장로회 제32회 전남노회록』 (박석현 방, 1940), 56-57 참조.

49 교회 50년사 편찬위원회『광주월산교회 50년사』, 277 참조; "교역자이동", 「기독교신문」 (1943. 1. 20), 4; 1932년 9월 27일 김영균 전도사가 파송을 받아 전도 활동을 시작한 가운데 1933년 1월 9일부터 조선집 두간 방을 세내어 시작한 광주교회는 1933년 양림정에 교회당을 건축하여 6월 25일 헌당식을 거행하였으나 헌당식 후 곧바로 진행된 부흥회 기간에 예배당이 비가 새어 진흙투성이가 된 상황 가운데 재차

회의 '신유, 중생, 재림, 성결'이라는 사중복음 중 특히 재림 사상이 일본 국체에 위배된다는 이유로 교단이 강제 해산되었을 때, 이 광주성결교회도 해산당하여 합병된 것으로 사료된다.

이와 같이 합병된 교회들은 다양한 용도로 팔렸는데, 그 일례로 구강정교회는 죽세품 공장으로 팔렸다.[50] 그리고 교회를 판매한 자금은 대부분 전쟁 수행중인 일제에 바쳐졌는데,[51] 그 일부 자금은 퇴직한 목회자들의 퇴직금으로도 주기도 했다.

> 구강정龜岡町 교회와 누문동樓門洞교회를 판 돈으로는 퇴임한 이경필 목사와 김창국 목사 등의 퇴직금으로 썼다고 한다.[52]

물론 그가 교회의 '생존의 시대'속에서[53] 교회 합병 과정을 통해 한 교회라도 더 교회의 명맥을 유지케 하려는 노력을 경주했다는 것을 감안하더라도 교회 합병작업을 주도한 것만큼은 부인할 수 없는 엄연한 사실이다. 이로 인해 특히 그가 주관자로 있던 광주에서는 연합 '광주교회'가 탄생하게 되었고, 이러한 연합 '광주교회' 주관자로 정경옥이 시무할 때 부

성전부지를 물색하여 명치정에 있던 광주중앙교회 인근에 정하고 다시 교회 건축을 하는 와중에 어려움이 많았지만 1934년 8월 30일 헌당식을 행하게 되었다고 한다. "양림교회예배당건축기", 「활천」제11권 제8·9호(1933. 8·9), 76-78; "광주교회 건축기", 「활천」제12권 제11호(1934. 11), 41.

50 이영성 편찬, 『광주서현교회 90년사』, 131.

51 차종순, 『송정제일교회 100년사』, 229; 차종순, 『양림교회 백년사(I)』, 328; 연규홍, 『양림교회 100년사』, 92.

52 광주제일교회 역사편찬위원회 편, 『광주제일교회구십년사』(광주: 대한예수교장로회 광주제일교회, 1994), 382 참조, 이 지교회사의 280에 보면 전남교구로 통합을 광주교구로 통합으로 타이틀을 정하여 마치 정경옥이 광주교구장인 것처럼 오류를 보이고 있다.

53 김수진·한인수, 『한국기독교회사: 호남편』 (서울: 범론사, 1980), 315.

목사로는 백영흠,[54] 이준묵, 성갑식 등이 보좌하였으며, 또한 여전도사로는 김화남,[55] 조아라,[56] 홍승애 등이 활동한 것으로 알려지고 있다.

이렇게 '일본기독교조선장로교단'으로 전환한 이후 교회는 '기독교회'로부터 떠나 '신사교회神社敎會'를 향해 변질되어 갔다. 이것은 기독교회의 가장 기본적인 모임들 속에서 아주 자연스럽게 이루어졌다. 정경옥이 담임하고 있던 연합 광주교회의 예배 모습에 대하여 다음과 같이 서술하고 있다.

> 하나로 된 광주교회 예배 모습은 어떠했을까? 당시 전쟁이 한창이던 상황 때문에 일제는 교회 집회에 동방요배와 출전 장병의 무운장구武運長久를 기원토록 하고 황국신민서사 제창 등을 강요했다. 강대상 뒤에는 일장기가 걸려 있었으며 예배 시작 전에는 동방요배, 곧 동쪽을 향해서 허리를 정중히 굽혀 절을 한 다음 예배를 시작토록 했다.
>
> 설교를 하는 목사는 가운 대신에 훈련모와 국민복, 그리고 각반을 착용한 상태에서 흡사 전쟁 분위기를 연상케 하는 복장을 하고 설교를 했다. 또 일본어 상용화를 위해 설교를 반드시 일본말로 하도록 했다. 그렇지만 설교자나 교인들 모두가 일본어를 잘 몰라 일본어 설교는 실현되지 못했다.[57]

이러한 개교회 예배의 풍경뿐만 아니라 개교회에서 진행되는 모든 공적 모임에서도 기독교회가 아닌 신사교회로 변질된 모습이었다. 정경옥

---

54 백영흠에 관하여는 타마자 지음, 『한국 땅에서 예수의 종이 된 사람』, 119-23 참조.

55 연규홍, 『양림교회 100년사』, 102.

56 광주YWCA 70년사 편찬위원회, 『광주YWCA 70년사』 (광주: 광주YWCA, 1992), 63-64.

57 교회 50년사 편찬위원회, 『광주월산교회 50년사』, 277-78.

이 관리하에 있던 광주부 인근 지역인 광산군 소재 송정읍교회는 그 모습을 아래와 같이 서술하고 있다.

이렇게 바뀐 체제에 의한 첫 번째 당회가 1943년 3월 27일 송정읍교회는 조기준 장로의 집에서 당회를 조직하였는데, 당회장은 도전일청 목사와 백영흠 전도사가 기도함으로써 당회를 시작했다. 이 당회에서 3월 28일에 성찬식을 거행하기로 결정하고 문답을 실시하였는데 문답자의 이름이 창씨개명된 일본식 이름과 한국명이 뒤섞여 있으며, 연도 계산도 일본 연호를 사용하였으며 학습자 4명, 세례자 2명, 유아세례 3명을 합격시켰다.

그러나 문답 이후에 정작 성례식을 베풀게 된 3월 28일 "예배시에 국민의례를 행한 후 나명수 전도사가 기도한 후 당회장이 설교하였다"라고 기록했다. 여기에서 국민의례라고 표기한 것이 무엇인가? 이는 예배에 앞서서 교인들이 일본 신사에 참배한 다음에 교회에 출석한다는 것을 의미한다. 또한 예배가 정작 시작되더라도 '황국신민서사 제창, 동방요배, 출정장정무훈 묵념, 전몰장병 애도 묵념'등의 새로운 의식의 도입을 의미한다. 또한 목사는 일본군 장교의 전투복 복장으로 등단하여 설교하였던 것이다.

그리고 가을을 맞이하여 1943년 11월 가을 성례전을 베풀기 위하여 조기준平松俊道 장로의 집에서 당회를 소집하여 문답을 실시하였는데 회원은 당회장 도전일청 목사와 평송준도 장로 두 사람이었다. 이 두 사람이 세례문답 7명을 합격시켰다. 잠시 쉬었다가 당회를 속개하여 서리집사로 국본존근國本存根(李在根)과 광산영일光山英一(金英一)로 정하였으며 문답을 계속하여 세례문답 2명과 유아세례 2명을 받아들였다. 11월 14일에는 송원명수松原明洙(나명수) 전도사의 인도로 "국민의례를 행한 후……평송준도(조기준) 장로의 기도와……세례식

과 성찬식을 거행하였다"라고 기록했다.[58]

한걸음 더 나아가 목사 14명, 장로 9명 도합 23명의 회원이 참석한 가운데 전남교구장이었던 정경옥이 사회를 보았던 제2회 전남교구 회의의 광경 역시 매 마찬가지였다.

소화 19년 5월 3일 오전 8시 30분 본회 교구장 도전일청의 사회하에 국민의례 행한 후 찬미가 5번을 합창하고 니도 고이치新戶光— 목사로 하여금 성서 빌립보 제4장 10-23절까지 낭독 기도를 올리고 의장의 개회 설교가 있었다. 여기에 일본기독교 조선장로교단 전남교구 제 2회 회의가 열린 것을 선포함.[59]

이 날 예배와 성찬식이 끝난 직후인 오전 9시 30분에 신사참배를 했다.

오전 9시 반 본회 회원 일동과 방청자 약 50명이 다같이 광주신사를 참배하다.[60]

이후 속개된 전남교구 회의에서는 전남교구의 이름으로 황군장병에 대한 감사결의문을 채택하기도 했다.[61] 그리고 그 다음날인 5월 4일 진행된 전남교구 회의 폐회식도 마찬가지였다.

일동 기립하여 찬미가 276장을 합창하고 니도 고이치 목사 기도를

---

58 차종순, 『송정제일교회 100년사』, 230.
59 『일본기독교조선장로교단 전남교구 제이회교구회의록』(1944), 1.
60 같은 책, 4.
61 같은 책, 4-5.

올리고 의장의 폐회인사 있고 축도를 올린 후 황국신민서사 제창으로 마감했다.[62]

하지만 전남교구 교구장이었던 정경옥에게는 표면적으로 드러난 현실 순응의 모습이 아닌 현실을 극복하고 미래를 준비하려는 이면적 모습도 분명히 있었다. 그것은 단적으로 연합 광주교회의 청년들을 교육하고 양육한 일이다. 이 일에 대하여 광주 지역의 지교회사의 효시였던 『제일 교회 70년사』에서는 다음과 같이 서술하고 있다.

교구장을 맡았던 정경옥 목사는 조직신학을 전공한 감리교신학교 교수였으며 진도 출신의 이름난 학자였으나 해방되기 얼마 전인 1945년 봄에 복막염을 앓다가 아깝게도 세상을 떠났다. 그러나 그는 일제 말엽의 교회 청년들에게 새벽이 가까웠음을 시사하고 이상과 꿈을 심어 주었던 분으로, 정인보, 최상옥, 신성철, 김학준, 김상준, 유혁, 김천배, 조철환 등 모두 그의 가르침을 받은 청년 지도자들이다.
어떤 이들은 조선 교단 산하의 광주교회에서 시무한 것을 좋지 않게 보는 이도 있으나 사실은 그는 이상주의자로서 흩어진 양들을 모으고 교회의 명맥이라도 유지하겠다는 분명한 자각이 있었다고 본다. 신사참배로 멍들었던 교회가 정경옥 목사 부임 후에 얼마만큼 활기를 되찾았다고 한다.[63]

이렇게 청년들을 교육하고 양육한 일에 대하여 선한용은 아주 구체적

---

62 같은 책, 8.
63 제일교회 70년사 편찬위원회, 『제일교회 칠십년사』 (광주: 대한예수교장로회 광주 제일교회, 1975), 84.

으로 적시해 주고 있다.

광주에서 목회하신 동안 정경옥 교수는 약 12명 가량 되는 젊은 청년들을 목사관에 모아 놓고 신학과 성경공부를 시켰다. 그는 새벽 4시가 되면 교회에 홀로 나와 앞좌석에 앉아서 기도를 했다. 성경공부와 신학 공부는 토요일과 일요일은 제외하고 매일 4시에 일어나 기도하시고, 여름에는 5시에서 7시까지, 겨울에는 6시에서 8시까지 2시간 했다고 한다. 강의할 때는 자기 막내딸을 무릎에 앉히고 강의를 했다.

강의를 할 때는 그는 철저히 준비하여 종이에다가 자세히 적어서 강의를 했으나 강의를 할 때는 원고를 거의 보지 않았다고 한다. 그는 축농증 때문에 코를 늘 푸는 습관이 있었는데, 강의 후에는 그 준비한 원고 종이로 코를 풀어 쓰레기통에 버렸다 한다. 강의를 들은 사람들이 모처럼 준비한 원고를 그렇게 없애 버리면 되느냐고 물으면 그는 "원고에 의존하면 공부를 안하게 된다. 공부는 항상 새롭게 하는 것이다"라고 대답했다 한다.

그가 성경공부를 하면서 하는 말이 있었다. "우리는 교리와 신학에서 벗어나자. 그리고 순수한 마음으로 성서의 본문과 대화를 하며, 거기에서 마음에 와 닿는 진리를 터득해보자." ……

김천배 선생은 저에게 이렇게 말해 준 것이 생각난다. "정경옥 교수에게서 그때 배운 2년 동안 공부한 것이 우리들에게 큰 영향을 끼쳤는데 그분 밑에서 자기들은 정말로 신학공부를 했다." 그때 정교수의 강의를 들었고, 그를 존경하고 사랑했으며 그의 마지막 순간을 지켜 본 김학준씨(현재 광주 효성재단 이사장)는 저에게 이렇게 말해 주었다. "나는 그렇게 논리적이요, 정열적으로 신학과 성경을 가르친 선생을 만나보지 못했습니다. 정선생님은 우리의 눈을 뜨게 해주었고,

우리의 귀를 망친 분입니다. 우리에게 기독교의 진리를 깊이 이해하
도록 가르쳐 주셨으니, 우리의 눈을 뜨게 한 것이요, 그의 강의를 들
은 후는 다른 사람의 말이 귀에 들어오지 않으니 우리의 귀를 망친
것입니다."

한 가지 언급하고 싶은 것은 정교수는 태극기를 다락에다 감춰놓고
이따금 내 놓고 자기 어린 아들에게, 제자들에게 보여 주었다 한다.
김상덕 목사와 지금 광주 한빛교회 장로님으로 계신 박요한 장로님
(당시 초등학교 선생)과 같이 사택에 갔을 때 다락에서 태극기를 꺼내서
보여주고, 다시 집어넣으면서 "조금만 기다려라. 조선은 곧 독립한
다"라고 말해 주었다고 한다.[64]

그가 청년들을 교육하면서 나름대로 청년들과 더불어 완성하려고 했
던 것은 바로 "예수전"이었다.

그는 항상 문인 개천芥川의 "서방의 인"을 찬양하면서 자기도 그러한
예수전을 써 보았으며 하고 원했던 것이다. 그러한 속뜻도 있고 해서
매주 한 번씩 청년들과 함께 모여 전주에 부과된 제목에 대하여 기
도하고 명상하였던 것이 이 글이 되었다. 그가 예수의 유년시대와 세
례 요한까지 밖에 더 쓸 수 없었던 것은 참으로 안타까운 일이다. 그
의 미완성인 원고는 필자가 이를 보관하고 있었던 것이다. 여기 실린
글의 다음 매수는 그나마 6·25에 소실되었던 것도 또 아깝기 짝이
없다.[65]

이처럼 교회 청년들을 교육하며 조선의 독립을 갈망하던 정경옥에게

64 선한용, "철마 정경옥 교수의 생애에 대한 재조명", 17-19.
65 김천배, "고 정경옥 교수의 편모", 27.

느닷없이 죽음의 그림자가 찾아왔다. 그의 죽음의 원인은 현대적인 용어로 정의하자면 '의료사고'였다. 의사가 그의 맹장염을 오진하여 방치한 가운데 맹장이 터져 복막염으로 번진 것이 주된 사망의 원인이 되었던 것이다. 이렇게 긴박한 상황 속에서 제자들이 스승인 정경옥에게 보여준 존경과 사랑은 실로 대단한 것이었다.

> 1944년 12월 16일에 맹장염에 걸렸었는데 정교수와 친한 사이였던 의사가 식중독이라고 오진하여 비누물관장만 했었다. 그 사이에 맹장이 터져 복막염이 되었다. 그래서 유명한 최상채 병원으로 모시게 될 때 광주 제자들이 그가 누워있는 요를 들고 갔다고 한다. 2차에 걸친 복막염 수술을 했으나 페니실린과 같은 주사약이 없어서 별 효력을 보지 못했다. 2차에 걸쳐 수술을 할 때 수십 명의 청년들이 피를 뽑아 주었는데 그 피의 총량은 3500그램이나 되었을 정도였다. 그러나 그러한 노력과 성의에도 불구하고 아무 치료의 효과를 보지 못했다. 그를 아낀 광주의 제자들이 낮과 밤을 가리지 않고 번갈아 가며 그의 병실을 지키며 간호를 했고, 그 중의 한 분인 김학준 선생은 정교수가 좋아하신다는 황해도 사과를 사러 황해도까지 가서 사과를 사 가지고 왔을 정도였다. 김학준 선생은 나에게 이렇게 말해 주었다. "정 선생님을 간호한 우리의 정성은 우리 부모님에게 쏟은 정성의 10배나 되었습니다." 이러한 간병에도 불구하고 정경옥 교수는 42세로 1945년 4월 1일 부활주일에, 해방을 4개월 앞두고 부름을 받았다. 그가 세상을 떠났다는 소식을 듣고 송창근 박사는 "동양에서 황소가 거꾸러졌다"고 말했다 한다.[66]

---

66 선한용, "철마 정경옥 교수의 생애에 대한 재조명", 19.

이 글에서 잘 나타나고 있는 제자 김학준은 최상채[67] 병원에 입원해 있던 스승에게 드리려고 15일간 걸려 사과 한 상자를 등에 지고 가져왔다고 한다. 그런데 거의 다 썩어서 먹지 못하고 7개만 남았다는 한 편의 구슬픈 이야기도 전해지고 있다.[68] 더군다나 정경옥은 맹장염이 복막염으로 발전되어 병상에 누워 있을 때 제자들이 병상을 들고 병원에 갔는데 피가 모자랐을 때 제자들이 수혈을 서로 하면서 스승의 치료를 위해 헌신했다는 것은 그들이 얼마만큼 스승인 정경옥을 존경하고 사랑했는지를 여실히 증명해 주고 있다.

하지만 제자들의 헌신적 희생과 사랑도 그의 죽음은 막지 못했다. 그는 마지막 죽어가는 그 긴박한 순간 속에서 자기를 찾은 제자들을 향해 이렇게 자신의 말을 던졌다.

"곧 날이 밝는다." (김천배 선생)
"동은 텄는데 해가 뜨지 않는구나." (정인보 선생)
"지금 전황은 어떤가? 앞으로 할 일이 많으니 몸 조심해……" (김학준 선생)
"복잡에서 단순으로, 복잡에서 단순으로, 복잡에서 단순으로……" (김학준 선생)[69]

그는 1945년 4월 1일 부활절 아침 평소에 애정을 가지고 즐겨 불렀던 탑레이디A. M. Toplady의 '만세반석 열리니'라는 찬송가를 흥얼거리며 하나님께로 나아갔다.[70]

---

67 최상채는 일제 말기 전남대학의 모체가 된 광주의학전문학교를 설립한 분으로 한국전쟁 후 전남대학을 설립하고 초대 총장이 된 외과의사다.
68 차풍로, "정경옥의 신학과 생활에서 본 인격주의교육", 88.
69 선한용, "철마 정경옥 교수의 생애에 대한 재조명", 20.
70 정경옥저작전집편찬위원회 편, 『기독교신학개론』, 27-28.

빈손들고 앞에가 십자가를 붙드네
의가없는 자라도 도와주심 바라고
생명샘에 나가니 맘을 씻어 주소서

내가 공을 세우나 은혜갚지 못하네
쉬임없이 힘쓰고 눈물근심 많으나
구속못할 죄인을 예수 홀로 속하네

得ノ西洋新ノ學問ヲ研究シテ將來或ハ群ヲ拔ク者アル當時

幾ンド人格アル青年タラントク印象ス

大韓元年一月　日

補御優

◎學友父兄諸位

天ニ祈ラズシテハ道德ノ春光ハ到來セズ
國ニ日常ナルモノ多シ道徳ハ日本ノ々ナルモ
自己ノ保有人々林ルヲ目的トス二千万同胞ノ文
出現生ニ話ヲヤ人實ニ（一々ヲ一々念）セケ礼
月ヲ是返レテ日本拾ノ學ニ何ヨ又カ十午間ノ
春政ニ低リク朝鮮同胞カ若ヒセニ一大壯觀ヲ存
二八万余ノ珍无者ト七万余ノ囚徒者ヲ何ノ用入ル方
立テヲ礼ルニテシムレニ至レリ日本貼ノ此ンヲ何々用入ル方
兩二其ラケル少年ノ時代ヲ益進スルナク家反ニ参ク

8장

부활인
復活人　鄭景玉 / 정경옥

総督ニシテ限ノ民同ニ許サント尔ノ阿故ノ浮坟理度照ニ日
其十ノレノレハ何故ノ鮮人ニ才様アラ国依ニナラ隨儲
房数ノ人民ナリ鮮人ニ二十世紀ノ一人ナリ日本ニ二十七化
ノ一人ナリニ何メ是等ガガ如ク恭ニ+ヤ鮮日平寺ナル
能八十二八 阿故ノ救ヒカ歴応ラ静遇スニ阿対近ハ
同ニ風ノ沃リ平ナカハク鮮鲜七日系リ学中ニ田秋大化
彰退ナニクラクスナリ
万故方々就大生ノ独立万歳、

建鲜國

고향 진도에 있는 무덤

부활인 정경옥

그의 삶은 어찌 보면 너무 일찍 그리고 허망하게 끝이 났다. 하지만 그에게는 그로부터 지대한 영향을 받았던 제자들이 남아 있었다. 그 가운데서도 특히 정경옥이 마지막 생의 불꽃을 태우면서 목회자로서 활동하였던 광주지역에서 영향을 받았던 청년들과 그를 보좌했던 목회자들은 세월의 흐름에 따라 한국 교회와 사회에 영향을 미치는 인물들이 되었다. 『제일교회 70년사』에서는 다음과 같이 기록해 주고 있다.

백영흠씨는 그 뒤 신학을 마치고 목사가 되었는데, 해방 후 궁동에 있는 일본인 교회를 인수하여 동부교회를 설립했고, 이준묵씨는 일본에서 신학을 공부했는데, 얼마 뒤에 해남에 내려가서 해남읍교회를 맡아 지금까지 수고하시는 원로목사로서 기장 총회의 총회장을 역임했다. 또한 해남에서 목회 일만 하는 게 아니다. 해남 등대원을 경영하면서 YMCA회장 일도 맡고 있다.

정인보씨는 그 뒤 금정교회에서 장로 장립을 받았지만, 미국에 가서 스웨덴보르그의 신학에 심취하여 새교회의 목사가 되었다. 또한 성갑식 강도사는 평양신학교 출신으로 바로 금정교회에서 목사가 되고, 해방 후 본 교회 담임 목사로서 시무하였으며, 지금은 예수교장로회 총회의 교육부 총무 일을 보고 있다.

전도사였던 조아라 여사는 이택규 집사의 미망인인데 그 뒤 여성 운동에 투신하여 광주 YMCA 총무로 평생을 보냈으며, 지금은 그 회장으로서 불우 여성을 위한 직업 보도에 힘써 성빈여사와 계명여사 등 Y 사업을 계속 경영하고 있다. 김필례씨의 애제자였으며 서서평 부인과 는 동역자였던 조여사는 수피아여학교 학생 시절부터 30년대 이후 계속 본 교회 교인으로서 활동했고, 해방 후에는 집사직을 맡기도 했으나 지금은 시내 연합교회(기장)에 봉사하고 있다.

홍승애 전도사는 양림교회의 초대 장로인 홍우종 장로의 딸인데, 3·1운동 때는 수피아 학생으로서 만세운동에 참여하였으며, 지금은 기도원을 통해서 전도 사업을 계속하고 있다.[1]

차풍로 역시 정경옥에게서 지도를 받은 광주 청년들과 목회자들이 모두 교계의 유수한 지도자가 되었다고 기록해 주고 있다.

현재 광주 YMCA의 김천배 목사 광주 YWCA의 조아라 선생, 목포 YMCA의 김상백 목사, 기독교장로회 이준묵 목사님 등이 이 당시 정 교수로부터 지도받으신 분들이다.[2]

이들은 정경옥을 목회자로서, 신학자로서 기억했다. 정경옥 밑에서 부목사로 근무한 바 있던 이준묵은 당시 정경옥의 명성을 익히 들어 알고 있었기에 부목사로 근무하게 될 때 스스로 주눅이 들어 더욱 설교 준비에 전전긍긍하게 되었고 이때로부터 원고 설교 습관이 형성되었다고 진술하고 있다.

---

1 제일교회 70년사 편찬위원회, 『제일교회 칠십년사』, 83-84; 광주제일교회 역사편찬위원회 편, 『광주제일교회구십년사』, 381-83; 김수진, 『광주제일교회 100년사』, 299-300에 보면 이들에 관한 내용이 더 추가되어 있다.
2 차풍로, "정경옥의 신학과 생활에서 본 인격주의 교육", 87.

정교사 시험을 통고해 목사 안수를 받은 나는 광주연합교회의 부목사로 일하기 시작했다. 설교할 기회가 많았는데, 대신학자요, 유명 목회자인 정경옥 목사 등의 선배 목사와 호흡을 맞추려니 나는 설교 준비에 전전긍긍할 수밖에 없었다. 대지와 소지를 나누어 완전한 설교 원고를 준비했고 열심히 외쳤다. 예언자적 설교를 뜨겁게 했다. 이때 설교 원고를 준비한 습관은 오늘 이때까지 계속되어 오고 있다. 그때 함께했던 목회자들은 정경옥·백영흠 목사와 조아라·홍승애 전도사 등이었다.[3]

이준묵에 이어 1944년 광주교회 강도사로 부임하여 정경옥을 매우 짧게 보좌하였던 성갑식은 이미 신학생 시절을 통해서 그의 영향을 받았다고 진술하고 있는데, 정경옥에 대하여 당대의 명성 있는 신학자요, 설교가요, 문필가였다고 소개하면서 광주교회 청년들에게 지적으로, 윤리적으로 많은 감화력을 준 목회자로 평가하고 있다.

나는 평양신학교 동창인 문재구 목사(예장 합동측 총회장 역임, 전남 출신)의 소개로 광주교회의 강도사(그 당시 부교사)로 2월에 취임했다. 광주교회는 중앙교회, 양림교회, 금정교회가 있는데 전부 합하여 하나의 교회를 조직한 조선예수교장로회 교단 전남교구 교회로, 주관자는 감리교신학교 전 교수였던 정경옥 목사였다. 그는 맹장염이었으나 복막염으로 악화하여 최상채 외과병원에 입원치료 중에 있었다. 내가 광주교회 강도사로 취임한 40일 후에 그는 세상을 떠났다 그는 유명한 신학자요 설교자요 문필가였다 나는 평양신학교 재학 중에 그의 저서 『기독교 신학 개론』을 구독했다, 『그는 이렇게 살았다』라는 저서는 예수 전기의 중요한 교훈과 사건을 현대 사상적, 윤리적으로

3 해암 이준묵 목사 팔순기념문집풀판위원회 편, 『참의 사람은 말한다』, 175.

강술한 것이다,『그는 이렇게 살았다』는 니체의『이 사람을 보라』는
데서 타이틀을 정한 것 같다. 이 책은 평양 남산 감리교 교역자회때
강연한 것이라고 한다. 그는 광주교회 청년들에게 특별히 지적으로
윤리적으로 많은 감화력을 주었다.[4]

당시 여전도사 역할을 하였던 조아라도 정경옥에게 개인적인 고마움
을 표시하며 그를 '한국 신학계의 국보'라고 평가하고 있다.

> 지친 몸을 쉬며 또 아들과의 생계를 위해 바느질을 하며 살고 있는
> 중 1942년 여덟개 있던 광주지역 교회를 일제의 강압으로 하나로
> 통합하였는데 그때 주임목사로 감리교신학대학 교수였던 정경옥
> 목사가 부임하였다 그리고 백영흠, 이준묵 두 전도사가 있었고 또
> 여자 전도사로 평양여신학교 출신의 홍승애 전도사가 왔는데 나는
> 여전도사 자격이 없는데도 그 동안의 경력으로 불러주셨다. 그래
> 서 해방이 될 때까지 목사이며 조직신학자인 정목사님께 배우면서
> 교회 일을 보게 되었는데 그 시간은 내게 유익한 시간이었다.
> 그러나 정경옥 목사님은 수술과정의 실수까지 겹쳐 42세라는 젊은
> 나이로 1945년 4월 1일 부활절 아침 영면하셨으니 신학계는 국보를
> 잃어버리는 아쉬움을 갖게 되었다.[5]

이런 가운데 광주지역에서는 개인적으로뿐만 아니라 교회적으로 그
를 기억했다. 그리하여 광주지역의 지교회사의 효시인『제일교회칠십년
사』에서는 신사참배의 굴곡진 역사 속에서도 교회의 명맥을 이어주고
더 나아가 교회에 활력을 주고 청년들에게 독립과 미래에 대한 희망을

---

4 성갑식,『하나님의 나라와 하나님의 선교』, 44.
5 소심당희수기념문집 간행위원회 편,『소심당 조아라 장로 희수기념문집』, 387.

불어넣어 준 인물로 정경옥을 평가하고 있었다.

광주에서도 1943년 각 교회가 문을 닫고 교구로 강제 통합되었는데 사무실은 본 금정교회에 두고 중앙교회와 양림교회에서만 예배를 드리게 했다. 따라서, 그동안 10여 년 간이나 시무한 이경필 목사는 금정교회를 떠나게 되었으며, 그 대신 교구장으로 미국에서 신학을 연구하고 감리교신학교 교수를 역임한 정경옥 박사를 청빙해 왔고, 전도사로서는 백영흠, 이준묵씨가 왔으며, 후에 정인보, 성갑식씨가 이어 받았으며 여전도사로는 홍승애, 조아라 양씨가 부임했다.……

그런데 교구장을 맡았던 정경옥 목사는 조직신학을 전공한 감리교신학교 교수였으며 진도 출신의 이름난 학자였으나, 해방되기 얼마 전인 1945년 봄에 복막염을 앓다가 아깝게도 세상을 떠났다. 그러나 그는 일제 말엽의 교회 청년들에게 새벽이 가까웠음을 시사하고 이상과 꿈을 심어 주었던 분으로, 정인보, 최상옥, 신성철, 김학준, 김상덕, 유혁, 김천배, 조철환 등 모두 그의 가르침을 받은 청년 지도자들이다.

어떤 이들은 조선 교단 산하의 광주교회에서 시무한 것을 좋지 않게 보는 이도 있으나, 사실은 그는 이상주의자로서 흩어진 양들을 모으고 교회의 명맥이라도 유지해야 하겠다는 분명한 자각이 있었다고 본다. 신사 참배로 멍들었던 교회가 정경옥 목사 부임 후에 얼마만큼 활기를 되찾았다고 한다.

본래 정 목사는 신학교 교수를 그만두고 향리인 진도에 칩거하고 있었는데 광주의 교회 지도자들의 권유와 청빙을 받아 광주교회를 맡았다. 특히 그는 폐쇄의 위기에 있는 금정교회를 주일학교 집회 장소와 교구 사무실을 씀으로서 예배당으로서의 명맥을 유지케 하였으니, 본 교회에 대한 공을 인정치 않을 수 없었다. 그리고 구가정교회와 누문동교회를 판 돈으로는 퇴임한 이경필 목사, 김창국 목사 등의 퇴직금으로 썼다고 한다.

어쨌든 신사참배를 해야 하고 근로 봉사를 다닐 수 밖에 없었으며 비행기 헌납이니 식량 배급이니 하여 숨통이 막히던 소위 암흑시대였지만, 그래도 모여서 기도하고 성경을 연구하고 나아가서는 전도를 함으로써 교회의 명맥을 유지하였다는 것은 불행 중 다행한 일이다.[6]

그가 연합 광주교회 시기에 존립되었던 교회인 양림교회 역시 정경옥에 대하여 교회의 명맥을 유지하기 힘든 시기에 교회의 생명을 부지하기 위하여 무던히 애쓴 분으로 서술하고 있다.

주일예배는 정경옥 목사가 양림교회와 중앙교회를 교대하면서 인도했는데 그간 교회 생명을 부지하기 위하여 정경옥 목사는 무던히도 수고를 했었다.[7]

이에 비하면 연합 광주교회 시기에 존립되었던 광주중앙교회는 정경옥 개인에 대해서는 가타부타 어떤 서술도 하지 않고 있으며, 다만 그의 별세 소식을 짤막하게 서술하는 데 그치고 있다. 그리고 정경옥 시절에 대하여 신사참배와 교회합병, 그리고 일제 전쟁 수행 물자 제공 등 그야말로 훼절한 시대였다고 부정적 서술을 하고 있다.

전시 국민총동원과 신사참배, 기타 일제의 정책에 반대하는 요주의

---

6 제일교회 70년사 편찬위원회, 『제일교회 칠십년사』, 83-85.
7 90년사 자료집 발간위원회 편, 『양림교회 90년사(자료집 제1권)』, 109.

교역자로 주목받아 1943년 4월 17일에 최병준 목사와 유추동 전도사가 본 교회를 떠나야만 했고 미국 유학을 거쳐 진도로부터 제8대 목사(당시의 광주교구장)로 부임하였다. 전도사로는 백영흠, 정인보, 이준묵씨 등이 연이어 부임하였으며, 조아라 전도사도 부임했다.

날로 극악해진 일본경찰 때문에 교회는 폐문의 직전에 이르게 되었다. 교회도 국가에 봉공 협력해야 한다는 일제의 종교관을 강요당하여 교회 내에서도 국가행사는 물론 신사참배까지를 하게 되었다. 한편 일제는 비생산적인 교회를 한 지역에 많이 둘 필요가 없다고 하여 1지구 1교회를 강요했다.

할 수 없이 전남노회 내의 광주, 목포, 순천 지구를 각각 한 교구단씩으로만 조직하기로 하였고 광주지구도, 모든 교회를 정리하고 중앙교회와 양림교회만이 남게 되었다. 따라서 시내교회는 매각 또는 폐문되기 시작했고, 시내 모든 교회가 거의 정리되었으며, 교회 철물기구와 종 등은 공출되었다. 그러나 본 교회의 대종大鐘과 소종小鐘은 조공찬, 서한권 장로의 눈물겨운 노력으로 빼앗기지 아니하고 겨우 보존할 수 있었다.……

1945년 봄에 정경옥 목사는 복막염으로 가료중에 세상을 떠났고.[8]

이처럼 광주에서 정경옥은 그와 함께했던 주변 사람들을 통해서, 또한 그가 몸담았던 교회를 통해서 뚜렷하게 기억되었지만 그것도 이제는 세대 교체로 말미암아 희미한 기억으로만 남아가고 있다.

그 반면에 신학자, 교수로서의 정경옥은 시대가 흐름에 따라 그 연구자들이 더욱 확장되는 연구 양상을 보이고 있다. 그 단초를 제공한 것은 역시 정경옥의 제자 그룹이었다. 1958년 김천배, 송정률을 중심으로 하

---

8 광주중앙교회 칠십년사 편찬위원회, 『광주중앙교회 칠십년사』, 66-67; 광주중앙교회 팔십년사 편찬위원회, 『광주중앙교회 팔십년사』, 105.

여 그로부터 영향을 받았던 제자들이 모여 그의 스승인 정경옥을 기억하고 한국 교회에 그를 소개했다.

> 그러나 선생의 가장 탁월한 공헌은 그의 교사로서의 뛰어난 천분과 성실한 실천의 분야에서이리라 하겠다. 「나는 한국 일본 미국 등 여러 나라의 대학 중에 공부하였으나 교사로서는 일찍이 정 교수만한 분을 만난 일이 없다」고 S씨는 말했다. 그 자리에 앉았던 이들 모두가 다 그의 말에 고개를 끄덕이는 것을 보았다. 오늘날 우리나라의 저명한 신학자, 교역자 가운데는 그에게 사사하였거나 그의 영향을 받은 사람이 많이 있다.[9]

이러한 정경옥에 대하여 유동식은 "한국 신학의 광맥"을 연재하면서 박형룡의 근본주의, 김재준의 진보주의, 정경옥의 자유주의로 구분하여 '1930년대 한국신학의 3대 초석'으로 소개했다.[10]

그런 가운데 강산이 한 번 바뀐 다음 그가 몸담았던 감리교신학대학에서는 정경옥을 기억하고 그를 특집으로 다루게 되었다. 즉 1979년도 제5호로 발행된 「신학과 세계」에서는 특집으로 "한국 교회와 자유주의: 정경옥 교수"를 싣게 되었는데, 여기에는 조직신학자인 윤성범, 성서학자인 김철손, 기독교윤리학자인 박봉배, 기독교교육학자인 차풍로 교수 등이 논문을 게재했다.

윤성범, "정경옥, 그 인물과 신학적 유산"

---

9 김천배, "고 정경옥 교수의 편모", 27.

10 유동식, "한국신학의 광맥(4): 정경옥 편", 「기독교사상」 (1968. 4), 100-5; 그 후 유동식은 이 내용을 근간으로 하여 유동식, 『한국신학의 광맥』 (서울: 전망사, 1982); 유동식, 『한국신학의 광맥』 (천안: 다산글방, 2000)을 간행한 바 있다.

김철손, "정경옥과 성서연구"

박봉배, "정경옥의 신학과 윤리"

차풍로, "정경옥의 신학과 생활에서 본 인격주의 교육"

그 이듬해에는 교회사가인 박대인 교수가 정경옥에 대한 논문을 「신학과 세계」 제6호(1980)에 게재했다.[11]

더 나아가 한국 교회사가인 송길섭도 한국기독교백년사대계 시리즈로 출간되었던 『한국신학사상사』에서 정경옥의 신학을 연구하여 그의 신학을 "자유주의"로 규정했다.[12]

이와 같이 감신대를 중심으로 연구되었던 정경옥은 윤춘병이 정경옥을 한국 감리교회에 소개[13]한 이후 기독교대한감리회에서 주목의 대상이 되었다. 즉 1996년 기독교대한감리회 교육국에서 그의 저작물 가운데 하나인 『기독교의 원리』를 다양한 분야의 학자들이 참여하여 분석하는 세미나를 개최하였는데, 여기에는 한국 교회사가인 이덕주, 조직신학자인 심광섭, 성서신학자인 조경철, 그리고 신앙의 실천적 측면에서 정지련, 종교개혁과 웨슬리 신학적 입장에서 조남홍 등이 연구하여 발표했다.

이덕주, "〈교리적 선언〉과 『기독교 원리』에 대한 한국 교회사적 의미"

심광섭, "정경옥의 『기독교의 원리』에 나타난 신학적 특징"

조경철, "정경옥의 『기독교의 원리』에 대한 성서신학적 비평"

정지련, "신앙의 실천의 관점에서 본 『기독교의 원리』 5-8장"

---

11 박대인, "정경옥 교수의 신학사상에 나타난 미국신학의 배경", 「신학과 세계」 제6호(1980), 173-205.

12 송길섭, 『한국신학사상사』 (서울: 대한기독교출판사, 1987), 330-343.

13 한국감리교회사학회 편, 『한국감리교회를 섬긴 사람들』, 37-41.

조남홍, "종교개혁 신학과 웨슬레 신학 전통: M.Luther와 정경옥의 『기독교의 원리』비교 연구: 신학 구조와 칭의론을 중심하여" [14]

그 이후 감신대에서는 이덕주를 중심으로 하여 박종천, 선한용, 심광섭 등이 정경옥의 글과 삶, 그리고 신학 사상을 연구하여 교계에 알렸다.

이덕주, "정경옥 귀거래사", 「세계의 신학」(2002 여름)

이덕주, "정경옥의 조선 성자 방문기", 「세계의 신학」(2002 가을)

이덕주, "한국 감리교회 신앙과 신학 원리에 대하여: 1930년 〈교리적 선언〉과 정경옥의 「기독교 원리」를 중심으로", 「신학과 세계」제44호(2002 봄)

이덕주, "자료로 읽는 정경옥의 신학 영성", 『정경옥 교수 추모기도회 및 강연회』(서울: 감리교신학대학교 역사자료관, 2004).

이덕주, "한국 교회 토착신앙 영성에 대하여: 정경옥 교수의『그는 이렇게 살았다』를 중심으로", 『한국 교회사학회 주최 국제심포지움 및 86회 학술대회 자료집』(2005. 5)

이덕주, "초기 한국 교회 토착신학 영성: 최병헌과 정경옥의 신학과 영성을 중심으로", 「신학과 세계」제53호(2005 여름)

박종천, "그는 이렇게 살았다: 정경옥의 복음적 에큐메니컬 신학⑴", 「기독교사상」(2002. 7)

박종천, "그는 이렇게 살았다: 정경옥의 복음적 에큐메니컬 신학⑵", 「기독교사상」(2002. 8)

선한용, "정경옥 교수의 생애 재구성에 관한 일고찰", 『정경옥 교수 추모기도회 및 강연회 자료집』(서울: 감신대 역사자료관, 2004)

---

14 기독교대한감리회 교육국,『교리적 선언과 정경옥의 기독교원리에 대한 연구』(서울: 기독교대한감리회, 1996).

심광섭, "정경옥의 복음주의적 생生(生)의 신학", 『정경옥 교수 추모 기도회 및 강연회 자료집』(서울: 감신대 역사자료관, 2004)

이러한 연구 결과의 결정체로 감리교신학대학을 중심으로 하여 정경 옥저작전집편찬위원회가 구성되어 4권으로 된 정경옥 전집이 간행되었 다. 이로 인해 정경옥 연구에 새로운 도약의 발판을 만들었다.[15]

정경옥저작편찬위원회 편, 『기독교신학개론』(서울: 감리교신학대학 교 출판부, 2005)

정경옥저작편찬위원회 편, 『 기독교의 원리 외 3종』(서울: 감리교신 학대학교 출판부, 2005)

정경옥저작편찬위원회 편, 『기독교사(번역)』(서울: 감리교신학대학교 출판부, 2005)

정경옥저작편찬위원회 편, 『정경옥 교수의 글모음』(서울: 감리교신 학대학교 출판부, 2005)

한편, 이처럼 감리교신학대학 교수들을 중심으로 진행되던 정경옥에 대하여 교파를 초월한 신학자들의 연구도 시작되었다. 그 서막은 장신대 의 한숭홍이 「목회와 신학」에 한국 신학을 연재하는 과정에서 정경옥의 신학 사상을 소개하게 됨으로 열리게 되었다.[16] 그 후 한신대의 신광철이

---

15 하지만 정경옥 저작전집 가운데 정경옥저작전집편찬위원회 편, 『정경옥 저작전집, 정경옥 교수의 글모음』은 여러 가지 문제를 가지고 있다. 원출처의 출판연도가 다르 게 표기되어 있는 것도 있으며 심지어 "알벤바이서의 생애"와 같은 글은 정경옥의 글 이 아니라 김창준의 글로 판명되었다. 김영명 엮음, 『정경옥의 요한 1서 강해와 신학 산책』 358 참조. 김영명은 전집안에 포함되지 않은 글들을 발굴하여 이 책의 358-359에 소개하고 있다.

16 한숭홍은 이를 바탕으로 하여 한숭홍, 『한국신학사상의 흐름(상)』(서울: 장신대 출판부, 1996)을 발행했다.

정경옥을 연구하기도 하였으며, 총신대의 박용규도 정경옥 연구 대열에 합류했다.

> 한숭홍, "정경옥의 신학사상 1", 「목회와 신학」(1992. 11)
> 한숭홍, "정경옥의 신학사상 2", 「목회와 신학」(1992. 12)
> 신광철, "정경옥의 생애와 사상에 대한 연구 및 자료의 검토", 「한
> 국기독교 역사연구소 소식」(1995)
> 박용규, "정경옥의 신학사상", 「신학지남」(1997 겨울)

이러한 연구 이외에 김흡영은 정경옥의 신학사상을,[17] 김인수는 정경옥의 글[18]들을 소개하기도 했다.

또 다른 한편, 김진형이 최초로 학위 논문으로 정경옥을 연구하기 시작한 이후 주로 감리교회 신학도들을 중심으로 하여 그의 신학 사상을 연구하기도 하고, 한 걸음 더 나아가 타 인물과의 신학 사상을 비교 연구하는 학위 논문들이 간헐적으로 나오게 되었다.

> 김진형, "정경옥의 신학사상 연구"(연세대학교 연학신학대학원 석사 학
> 위논문, 1989)
> 권오훈, "요한 웨슬레와 정경옥의 성화론 비교 연구"(목원대학교대
> 학원 석사학위논문, 1991)
> 이정혁, "1930년대 한국 교회 정경옥과 박형룡의 신학 비교 연구"
> (감리교신학대학교 신학대학원 석사학위논문,1997)

---

17 김흡영, "한국 조직신학 50년: 간문화적 고찰", 이화여자대학교 한국문화연구원 편, 『신학연구 50년』(서울: 혜안, 2003), 148-49.

18 김인수 엮음, 『사료 한국 신학사상사』(서울: 장로회신학대학교 출판부, 2003), 351-414.

이헌규, "정경옥 신학 사상에 관한 연구: 신학의 시대화와 향토화를 중심으로"(감리교신학대학교 신학대학원 석사학위논문, 2000)

허경만, "철마 정경옥의 그리스도론 연구"(감리교신학대학교 대학원 석사학위논문, 2005)

김영명, "정경옥의 생애와 신학 연구"(호서대학교 연합신학전문대학원 박사학위논문, 2006)

이러한 학위 논문 수여자 가운데서 단연 총체적이고 종합적인 "정경옥 연구"에 몰두하고 있는 연구자는 김영명이다. 그는 정경옥 저작 전집 작업에 교열자로 참여한 것을 계기로 하여 정경옥의 생애와 신학 사상을 아우르는 연구를 통해 최초로 정경옥과 관련된 박사 학위 수여자가 되었다. 그의 박사학위 논문은 『정경옥: 한국 감리교 신학의 개척자』라는 단행본으로 출간되었다. 그런 가운데 김영명은 정경옥의 저작물들을 현대적인 언어로 탈바꿈하는 작업을 진행하여 『그는 이렇게 살았다』와 『정경옥의 요한 1서 강해와 신학산책』, 『기독교 신학 개론』등을 출간했다. 그의 이러한 작업은 일명 '정경옥의 현대화 작업'이라 할 수 있다. 정경옥과 현대인 간의 시간적 간격을 그만큼 좁히는 작업을 하고 있는 것이다.

이처럼 정경옥을 되살리는 복원 작업이 진행되는 가운데 정경옥이 소속 목회자로 활동하였던 기독교대한감리회 수표교교회에서 2010년 10월 24일 '정경옥 목사, 오늘의 한국 교회에 말을 걸다'라는 타이틀로 정경옥에 대한 포럼을 개최하기도 했다.[19] 이날 홍승표 목사가 "정경옥 목사가 꿈꾼 한국 교회: 그의 삶과 교회관을 중심으로" 라는 글을, 심광섭 교수

---

19 "2010 수표교 포럼- '정경옥 목사, 오늘의 한국 교회에 말을 걸다' ", 『기독교타임즈』 2010년 10월 16), 4. 필자는 개인적으로 신학자로서의 정경옥 이미지가 굳어진 한국 교회 현장에서 신학자라는 이미지를 탈피시켜 목회자로서의 이미지를 소개하는 것은 나름대로 긍정적으로 보지만 그의 "목사"호칭에 대해서는 면밀한 검토 작업이 선행되어야 할 것이라 사료된다.

가 "철마 정경옥 목사의 복음적 삶生의 철학"이라는 글을 발표했다. 이를 통해 정경옥을 한국 교회에 아예 부활시켰다. 이처럼 한국 교회에 되살린 정경옥, 비록 예수를 온전히 따르는 삶은 실패했으나 예수를 온전히 따르기 위해 치열한 삶을 살았던 그의 생의 교훈과 그가 남긴 위대한 신학적 유산이 종교개혁 500주년을 맞이한 한국 교회에 절박하고 절실한 종교개혁을 일으킬 수 있는 '거룩한 불씨'가 되기를 바란다.

참고문헌

1. 1차 자료

1) 정기간행물
「감리회보」

「기독신보」

「기독교신문」

「그리스도회보」

「독립신문」

「동아일보」

「부활운동」

「삼천리」

「새사람」

「신생」

「신학세계」

「신한민보」

「예수」

「조선일보」

「조선중앙일보」

「활천」

2) 회의록

배형식 편, 『기독교조선감리회 제오회 만주선교연회 회의록』, 경성: 기독교조선
　　　감리회총리원, 1937.

이동욱 편, 『기독교조선감리회 제사회 중부연회 회의록』, 이동욱, 1934.

＿＿＿＿, 『기독교조선감리회 제오회 동부중부서부연회 회의록』, 경성: 기독교
　　　조선감리회 총리원, 1935.

＿＿＿＿, 『기독교조선감리회 제육회 중부연회 회의록』, 경성: 기독교조선감리
　　　회총리원, 1937.

＿＿＿＿, 『기독교조선감리회 제칠회 동부중부서부연회 회의록』, 경성: 기독교
　　　조선감리회총리원, 1939.

이인선 편, 『기독교조선감리회 제육회 만주선교연회 회의록』, 경성: 기독교조선
　　　감리회총리원, 1939.

주형옥 편, 『조선예수교장로회 제29회 전남노회록』, 주형옥 방, 1937.

＿＿＿＿, 『조선예수교장로회 제30회 전남노회록』, 주형옥 방, 1938.

＿＿＿＿, 『조선예수교장로회 제31회 전남노회록』, 주형옥 방, 1939.

박석현 편, 『조선예수교장로회 제32회 전남노회록』, 박석현 방, 1940.

『조선예수교장로회 전남노회 제삼십사회 회의록』, 1942.

『조선예수교장로회 전남노회 제삼십오회 회의록』, 1943.

『일본기독교조선장로교단 전남교구 제일회교구회의록』, 1943.

『일본기독교조선장로교단 전남교구 제이회교구회의록』, 1944.

Minutes of the Korea Annual Conference of the Methodist Episcopal Church,
　　　1927.

3) 단행본

기이부 편, 『기독교조선감리회 교리와 장정』, 경성: 기독교조선감리회 총리원
       교육국, 1931.

김영명 엮음, 『정경옥의 요한 1서 강해와 신학 산책』, 과천: 삼원서원, 2010.

김정현, 『강대보고 제2집』, 경성: 강대사, 1934.

배은희, 『조선성자 방애인 소전』, 전주: 전주유치원, 1934.

정경옥, 『감리교교리』, 경성: 기독교조선감리회 총리원 교육국, 1939.

_____, 『그는 이러케 살엇다』, 평양: 애린원, 1938.

_____, 『그는 이렇게 살았다』, 서울: 애린사회사업연구사, 1953.

_____, 정지강, 『그는 이렇게 살았다 나는 이렇게 외쳤다』, 서울: 고향서원,
       1982.

_____, 『그는 이렇게 살았다』, 서울: 한국기독교문화원, 1982.

_____, 『그는 이렇게 살았다』, 과천: 삼원서원, 2009.

정경옥저작편찬위원회 편, 『기독교신학개론』, 서울: 감리교신학대학교 출판부,
       2005.

_____, 『기독교의 원리 외 3종』, 서울: 감리교신학대학교출판부, 2005.

_____, 『기독교사(번역)』, 서울: 감리교신학대학교 출판부, 2005.

_____, 『정경옥 교수의 글모음』, 서울: 감리교신학대학교 출판부, 2005.

차재명, 『조선예수회장로회 사기』, 경성: 신문내교회당, 1928.

Chyong Kyong-ok. "An Examination of J. H. Leuba's Psychology of Religious
       Mysticism with Reference to the Distinction Between the Lower and
       the Higher Forms of Mysticism", Northwestern University. thesis for
       Master degree, 1931.

Helbert Welch. "The Story of a Creed", *Nashiville Christian Advocate*, 1946. 8, 1.

_____, *As I Recall My Past Century*, New York: Abingdon Press, 1962.

2. 2차 자료

1) 단행본

감리교신학대학교 역사화보편집위원회,『감리교신학대학교 120주년 화보집: "자유와 빛" 감신 120년의 발자취』, 서울: 감리교신학대학교 출판부, 2008.

강민수,『호남지역 장로교회사』, 파주: 한국학술정보, 2009. 경기고등학교칠십년사편찬회,『경기칠십년사』, 서울: 경기고등학교동창회, 1970.

경기백년사편찬위원회,『경기백년사』, 서울: 경기고등학교동창회, 2000.

광주계림교회 50년사편찬위원회,『광주계림교회 50년사』, 광주: 한국기독교장로회 광주계림교회, 1997.

광주교회사연구소,『광주제일교회 100년의 발자취』, 광주: 광주교회사연구소, 2005.

광주중앙교회 칠십년사 편찬위원회,『광주중앙교회 칠십년사』, 광주: 대한예수교 장로회 광주중앙교회, 1987.

광주중앙교회 팔십년사 편찬위원회,『광주중앙교회 팔십년사』, 광주: 대한예수교장로회 광주중앙교회, 1998.

광주중흥교회사진년감편찬위원회,『광주중흥교회 80주년 기념 사진년감』, 광주: 대한예수교장로회 광주중흥교회, 1988.

광주제일교회 역사편찬위원회 편,『광주제일교회구십년사』, 광주: 대한예수교장로회 광주제일교회, 1994.

광주YWCA 70년사 편찬위원회,『광주YWCA 70년사』, 광주: 광주YWCA, 1992.

교회 50년사 편찬위원회,『광주월산교회 50년사』, 광주: 대한예수교장로회 광주월산교회, 2002.

국사편찬위원회 편.『한민족독립운동사자료집 48』, 과천: 국사편찬위원회, 2001.

_____, 『한민족독립운동사자료집 47』, 과천: 국사편찬위원회, 2001.

기독교대백과사전편찬위원회 편, 『기독교대백과사전 3』, 서울: 기독교문사, 1981.

_____, 『기독교대백과사전 4』, 서울: 기독교문사, 1981.

_____, 『기독교대백과사전 14』, 서울: 기독교문사, 1984.

기독교대한수도원사 출판위원회, 『눈물이 강이 되고 피땀이 옥토되어』, 서울: 도
    서출판 줄과추, 1994.

김경재, 『김재준 평전』, 서울: 삼인, 2001.

김광우, 『나의 목회 반세기』, 서울: 바울서신사, 1984.

_____, 『빛으로 와서』, 서울: 도서출판 탁사, 2002.

김남식, 『신사참배와 한국 교회』, 서울: 새순출판사, 1990.

김수진·한인수, 『한국기독교회사: 호남편』, 서울: 범론사, 1980.

_____, 『호남선교 100년과 그 사역자들』, 서울: 고려글방, 1992.

_____, 『광주 초대교회사연구: 광주 제일교회와 양림교회를 중심으로』, 전주:
    호남기독교사연구회, 1994.

_____, 『광주제일교회 100년사』, 광주: 대한예수교장로회 광주제일교회,
    2006.

_____, 『서림교회 60년사』, 광주: 대한예수교장로회 서림교회, 2007.

김영명, 『정경옥: 한국 감리교 신학의 개척자』, 파주: 살림, 2008.

김인수 엮음, 『사료 한국 신학사상사』, 서울: 장로회신학대학교 출판부, 2003.

김종환, 『나주교회구십오년사』, 나주: 나주교회 95년사편찬위원회, 2001.

남태섭·이치우 편, 김남식 역, 『제31회 총회회의록』, 서울: 대한예수교장로회총
    회, 2010.

남평교회 103년사 편찬위원회 편, 『남평교회 103년사』, 나주: 도서출판 말씀사
    역, 2004.

덕천인과 편, 『조선야소교장로회총회제31회회의록』, 서울: 조선야소교장로회
    총회사무국, 1943.

대한예수교장로회총회역사위원회, 『대한예수교장로교회사(상)』, 서울: 한국장
    로교 출판사, 2003.

류형기 편저, 『단권 성경주석』제3판, 서울: 신생사, 1945.

_____, 『은총의 팔십오년회상기』, 서울: 한국기독교문화원, 1983.

마경일, 『길은 멀어도 그 은총속에』, 서울: 전망사, 1984.

만우 송창근선생기념사업회 편, 『만우 송창근』, 서울: 선경도서출판사, 1978.

변종호, 『사모의 세월: 추모집 5』, 서울: 장안문화사, 2004.

서강감리교회 도건일 목사 은퇴기념문집 편찬위원회 편, 『도건일 목사 은퇴기념
    문집 1』, 서울: 기독교대한감리회 서강교회, 2006.

성갑식, 『하나님의 나라와 하나님의 선교』, 서울: 대한기독교서회, 2004.

소심당 조아라 장로 희수기념문집 간행위원회 편, 『소심당 조아라 장로 희수기념
    문집』, 광주: 도서출판 광주, 1989.

송길섭, 『일제하 삼대성좌』, 서울: 성광문화사, 1982.

_____, 『한국신학사상사』, 서울: 대한기독교출판사, 1987.

연규홍, 『양림교회 100년사』, 광주: 한국기독교장로회 양림교회, 2008.

워커, 『기독교사』. 기이부·류형기 공역, 경성: 신생사, 1945.

유동식, 『한국신학의 광맥』, 서울: 전망사, 1982.

윤춘병, 『한국감리교교회성장사』, 서울: 감리교출판사, 1997.

이덕주, 『이덕주 교수의 한국 영성 새로 보기』, 서울: 신앙과 지성사, 2010.

_____, 『광주 선교와 남도 영성 이야기』, 서울: 도서출판 진흥, 2008.

_____, 『삼청교회 90년사』, 서울: 삼청교회, 2001.

이성삼, 『감리교와 신학대학사』, 서울: 한국교육도서출판사, 1977.

_____, 『궁정교회팔십년사』, 서울: 기독교대한감리회 궁정교회, 1991.

이영성 편찬, 『광주서현교회 90년사』, 광주: 대한예수교장로회 광주서현교회,
    1998.

이은대, 『최상현 목사의 사상과 신학』, 서울: 쿰란출판사, 2007.

이태원교회 100년사 편찬위원회 편, 『이태원교회 100년사』, 서울: 기독교대한감
　　　리회 이태원교회, 2009.

이해석 편, 『기독교대한감리회 백주년 기념설교집(상권)』, 서울: 기독교대한감리
　　　회 100주년 기념사업회, 1987.

이화여자대학교 한국문화연구원 편, 『신학연구 50년』, 서울: 혜안, 2003.

인상식, 『은진교회 50년사』, 논산: 기독교대한감리회 은진교회, 2002.

장공 김재준 목사 기념사업회, 『범용기(1)』, 서울: 한신대학 출판부, 1992.

전남노회 노회록 발간위원회 편, 『전남노회 노회록 제1집』, 광주: 한국기독교장
　　　로회 전남노회. 1986.

『전남노회 노회록 제2집』, 광주: 한국기독교장로회 전남노회. 1991.

_____.전남노회 75년사 발간위원회 편. 전남노회 75년사』, 광주:
　　　대한예수교장로회전남노회, 1993.

전남대학교 호남문화연구소 편, 『진도군지(상,하)』, 진도: 진도군지편찬위원회, 2007.

전택부, 『한국기독교청년회 운동사』, 서울: 범우사, 1994.

제일교회 70년사 편찬위원회, 『제일교회 칠십년사』, 광주: 대한예수교장로회 광
　　　주제일교회, 1975.

존 텔미지, 『그리스도를 위해 갇힌 자』. 한인수 옮김, 서울: 도서출판 경건, 2003.

차종순, 『양림교회 구십년사』, 광주: 대한예수교장로회 양림교회, 1994.

_____, 『송정제일교회 100년사』, 광주: 송정제일교회 100주년기념사업위원회,
　　　2001.

_____, 『양림교회 백년사(I)』, 광주: 기장양림교회·통합양림교회·개혁양림교
　　　회, 2003.

_____, 『신안교회 80년사』, 서울: 대한예수교장로회 신안교회, 2005.

_____, 『광주양림교회 100년사(II)』, 광주: 대한예수교장로회(합동). 광주양림
　　　교회, 2006.

_____, 『양림교회 100년사(II)』, 광주: 대한예수교장로회(통합) 광주양림교회,

2009.

한국감리교회사학회 편,『한국 감리교회를 섬긴 사람들』, 서울: 도서출판 에이
　　멘, 1988.

한국교회사학회 편저,『조선예수교장로회사기 하』, 서울: 연세대학교 출판부, 1968.

한국기독교선교 100주년기념대설교전집 출판위원회 편,『한국기독교선교100주
　　년 기념 대설교전집(신학자편) 11』, 서울: 박문출판사, 1974.

한국여신학자협의회 편,『나의 이야기』, 서울: 여성신학사, 1995.

한국편집아카데미 편,『사진으로 본 경기 백년』, 서울: 경기고등학교동창회, 2000.

한영선,『한없는 달림』, 서울: 한국기독교문화원, 1986.

한숭홍,『한국신학사상의 흐름(상)』, 서울: 장로회신학대학교 출판부, 1996.

한인수 편저,『한국초대교회 성도들의 영성』, 서울: 도서출판 경건, 2006.

해암 이준묵 목사 팔순기념문집풀판위원회 편,『참의 사람은 말한다』, 서울: 대
　　한기독교서회, 1992.

호남신학대학교 45년사 편찬위원회 편,『호남신학대학 45년사』, 광주: 호남신학
　　대학교, 2002.

90년사 자료집 발간위원회 편,『양림교회 90년사(자료집 제1권)』, 광주: 광주양림
　　교회, 1995.

2) 정기간행물 및 자료집

기독교대한감리회 교육국,『교리적 선언과 정경옥의 기독교원리에 대한 연구』,
　　서울: 기독교대한감리회, 1996.

김천배, "고 정경옥 교수의 편모",「기독교사상」, 1958. 5.

김철손, "정경옥과 성서연구",「신학과 세계」제5호, 1979.

박대인, "정경옥 교수의 신학사상에 나타난 미국신학의 배경",「신학과 세계」
　　제6호, 1980.

박봉배, "정경옥의 신학과 윤리", 「신학과 세계」제5호, 1979.

박용규, "정경옥의 신학사상", 「신학지남」제253호, 1997 겨울.

박종천, "그는 이렇게 살았다: 정경옥의 복음적 에큐메니컬 신학(1-2)", 「기독교사상」, 2002. 7-8.

선한용, "정경옥 교수의 생애 재구성에 관한 일고찰", 『정경옥 교수 추모기도회 및 강연회 자료집』, 서울: 감신대 역사자료관, 2004.

성백걸, "기독교조선감리교회와 교리적 선언의 신학적 성격", 「감리교와 역사」 제6권 제1호, 1997. 3.

신광철, "정경옥의 생애와 사상에 대한 연구 및 자료의 검토", 「한국기독교역사연구소소식 18」, 1995.

심광섭, "정경옥의 복음주의적 생生(삶)의 신학", 『정경옥 교수 추모기도회 및 강연회 자료집』, 서울: 감신대 역사자료관, 2004.

윤성범. "정경옥, 그 인물과 신학적 유산". 「신학과 세계」제5호, 1979.

이덕주, "정경옥 귀거래사", 「세계의 신학」, 2002 여름.

_____, "정경옥의 조선 성자 방문기", 「세계의 신학」, 2002 가을.

_____, "한국 감리교회 신앙과 신학 원리에 대하여: 1930년 〈교리적 선언〉과 정경옥의 「기독교 원리」를 중심으로", 「신학과 세계」 제44호, 2002 봄.

_____, "자료로 읽는 정경옥의 신학 영성", 『정경옥 교수 추모기도회 및 강연회』, 서울: 감리교신학대학교 역사자료관, 2004.

_____, "한국 교회 토착신앙 영성에 대하여: 정경옥 교수의『그는 이렇게 살았다』를 중심으로", 『한국교회사학회 주최 국제심포지움 및 86회 학술대회 자료집』, 2005. 5.

_____, "초기 한국 교회 토착신학 영성: 최병헌과 정경옥의 신학과 영성을 중심으로", 「신학과 세계」제53호, 2005 여름.

차풍로, "정경옥의 신학과 생활에서 본 인격주의교육", 「신학과 세계」제5호, 1979.

한숭홍, "정경옥의 신학사상 1-2", 「목회와 신학」, 1992. 11-12.

양호승 편, 『2010 교회 일람표』, 진도: 대한예수교장로회 진도중앙교회, 2010.
「기독교타임즈」, 2010 수표교교회 포럼: 『'정경옥 목사, 오늘의 한국 교회에 말을 걸다'』

3) 미간행 논문

권오훈, "요한 웨슬레와 정경옥의 성화론 비교 연구", 목원대학교대학원석사학위 논문, 1991.

김영명, "정경옥의 생애와 신학 연구", 호서대학교 연합신학전문대학원 박사학위 논문, 2006.

김진형, "정경옥의 신학사상 연구", 연세대학교 연학신학대학원 석사학위논문, 1989.

배윤숙, "채핀 부인의 생애와 여성신학 연구", 감리교신학대학 석사학위논문, 2006.

이정혁, "1930년대 한국 교회 정경옥과 박형룡의 신학 비교 연구", 감리교신학대학교 신학대학원 석사학위논문, 1997.

이현규, "정경옥 신학 사상에 관한 연구: 신학의 시대화와 향토화를 중심으로", 감리교신학대학교 신학대학원 석사학위논문, 2000.

허경만, "철마 정경옥의 그리스도론 연구", 감리교신학대학교 대학원 석사학위논문, 2005.

4) 인터넷 사이트

http://photohs.co.kr/xe/2371.
http://e-gonghun.mpva.go.kr/.
http://blog.daum.net/chinasug75/7413150.
http://www.jindo.es.kr.
http://people.aks.ac.kr.

http://www.kcmma.org/.

http://db.history.go.kr.

http://www.kidok.com/.

http://ko.wikipedia.org/.

http://blog.daum.net/woonjae927/15966233.

에필로그

　철마 정경옥의 생애를 연구하게 된 해인 2010년 나는 목회자로서 말로
형언할 수 없는 고통과 환멸을 경험했다. 다른 무엇보다 나를 힘들게 했
던 것은 무참하게 짓밟혀진 빛바랜 약속과 인간적 배신이었고, 거기에 더
하여 나의 주변에 신뢰할 수 있는 동료 목회자가 극히 없는 내 자신의 서
글픈 인간관계 현상이 한동안 은둔적 삶을 살게 했다. 이를 통해 다른 사
람의 이야기로만 알고 있었던 한국 교회 현장에서 지극히 당연하다는 듯
이 벌어지고 있는 암울한 실상을 나의 실제적 경험을 통해 뼈저리게 체득
했다.
　그 와중에서 내가 궁극적으로 깨닫게 된 것은 하나님 그분 밖에는 내
자신이 진실로 바라볼 실체가 없다는 엄연한 사실이었고, 이를 통해 측
량할 수 없는 하나님의 은혜와 사랑을 체험하게 되었다. 즉 세밀하신 하
나님께서는 고통과 환멸의 와중에서 부르짖는 나를 외면하지 아니하시
고 가장 정확한 시점에 나에게 위로자를 보내 주셨는데, 2010년 2월 4
일 감리교신학대학교 이덕주 교수님이 홍주지방 사경회의 주강사로 내
려오셨다가 나에게 위로 겸 격려의 말과 함께 막 간행된 따근따근한 자
신의 저서인『이덕주 교수의 한국 영성 새로 보기』를 선물로 주고 가셨
다. 그날 늦은 저녁임에도 불구하고 나는 그 책 첫 장에 소개된 정경옥을
읽고 난 후 문득 같은 길을 함께 걸어가고 있는 학문적 동지인 김영명 목
사가 나에게 선물로 준 정경옥의『그는 이렇게 살았다』라는 저서를 떠올

리게 되었다. 그 책이 내 손에 들어온 지 꽤 시간이 흘렀으나 나에겐 관심 밖의 책이었다. 물론 그 책을 받아 본 순간 대강 훑어보기는 했지만 그 책을 면밀하게 정독하지는 못하였던 것이다. 다음날 그 책을 정독하면서 한동안 내 안에 온통 감동의 물결로 요동쳤다. 특히 그 책의 서막을 여는 머리말은 내 자신이 목회를 하면서도 까맣게 잊어버리고 있었던 그리스도인으로서, 제자로서의 내 자신을 일깨우는 촉매제가 되었다.

지금 나는 예수의 일생을 몹시도 동경하며 사모하고 있다. 그는 이렇게 살았다. 그의 발자취를 나도 따르리.

그리하여 나에게 당면한 너무나도 중요한 박사학위 논문 작업이 있음에도 불구하고 갑작스럽게 정경옥의 생애가 몹시 궁금해졌다. 과연 정경옥은 사회적으로나 교회적으로 암울하였던 일제강점기를 통해 그렇게 동경하고 사모하던 예수 그리스도를 따르는 삶을 살아냈을까? 다른 교회사가들이 써놓은 글을 통해서가 아닌 내가 한 번 정경옥의 삶을 추적해 보고 싶었다. 그래도 일단 다른 교회사가들이 써놓은 글을 들여다보니 그의 생애에 있어서 여전히 큰 논란이 되고 있는 것은 역시 전남지역에서의 목회 여정이었다. 이 목회 여정을 파악하기 위해 확보해야 할 제1차 자료는 역시 전남노회록과 전남 교구회록이었다.

물론 한때 호남교회사에 심취한 바 있었던 나는 일제강점기 소수의 몇 권 이외에 대다수 전남노회록과 전남교구회의록이 유실되었다고 하는 것을 익히 들어 알고 있었지만 혹시나 하는 마음에 인터넷 검색을 해 보았는데, 이를 통해 전남 교구회의록이 존재한다는 사실을 알게 되었다. 그 단초를 제공해 준 것은 ○○○ 목사님의 블로그에 실린 글이었다. 그 블로그를 통해 그 사실을 알자마자 ○○○ 목사님과 몇 번 연락을 취해 답변을 기다렸으나 묵묵부답이었다. 이로 인해 적지 않은 수개월의 세월을 낭비하였는데, 일시적으로 나는 정경옥 생애 연구를 그만둘까 하는 마음도 강하게 자리하였지만 마음 한 편에서 샘 솟아나는 오기를 결코 외면할 수 없었다. 여기에다가 '한국역사정보통합시스템'을 통해 정경옥에 관련한 여러 정보들을 살펴보면서 기존의 정경옥 생애 연구에 적지 않은 오류들이 있음을 인지하게 되었다.

　이런 상황 속에서 더 자세히 인터넷 검색을 해 보니 강민수 목사님이라는 분이 이미 전남교구회의록을 제1차 자료로 인용하여 쓴 학위 논문이 책으로 간행되었다는 것을 인지했다. 그리하여 그 목사님께 연락을 취하고 광주에 어려운 발걸음을 하였는데, 6월 4일 광주 방문을 통해 하나님께서는 나에게 아주 기이한 만남도 허락하시는 신비로운 체험을 하게 하셨다. 이 체험에 대해 내가 시무하고 있는 광리교회의 2010년 6월 6일자 주보 '목회컬럼'에 다음과 같은 글을 썼다.

정경옥은 감리교 신학교 교수를 역임하고 만주 사평가 신학교에서 교장을 역임하였지만 일제 말엽에는 감옥생활 하던 중 일제의 회유와 협박으로 인해 장로교회 지역이었던 광주지역 교회에서 목회자로서, 더 나아가 전남교구장으로 활동하면서 일본적 기독교를 건설하는 데에 일조하게 되었다. 이러한 흔적이 고스란히 담겨있는 일제 말엽 전남 노회록과 전남교구 회의록이 존재한다는 정보를 접하게 되었다. 불과 얼마 전까지만 해도 일제 말기 전남 노회록과 전남교구 회의록은 유실된 것으로 나도 알고 있었다.

이 자료를 해원 정규오 목사님에게서 입수하여 박사학위 논문을 쓴 광주 번성교회 강민수 목사님을 만나기 위해 지난 금요일 광주를 가게 되었다. 이미 자신의 박사학위 논문에 일부 인용하고 공표된 자료임에도 불구하고 강 목사님과 몇 번의 통화를 통해 자료 유출을 심각하게 꺼리고 있는 것을 느꼈기에 출발하면서도 발걸음이 무거웠다. 헛 발걸음이 될 수도 있기 때문이다.

나는 될 수 있는 대로 비용을 절감하기 위해 무궁화호를 이용하다보니 광주에 도착해서도 2시간 넘게 기다려야 하는 상황이었다. 그래도 한 번 가보자 하는 마음을 먹고 홍성에서 익산으로 가는 기차에 몸을 실었다. 익산에서 내려 광주로 가는 열차로 갈아타려는 도중에 광주 양림동에 소재한 양관 동네가 문득 생각이 나서 광주와 깊은 연고가 있었던 전주에 계신 경건신학연구소 소장이신 한인수 목사님께 연락을 드려 광주역에서 내려 양림동으로 가려면 어떻게 가야 되는지를 여쭈었더니 한 목사님께서 양관은 호남신학대학교와 그 근동에 있는데 아무래도 택시를 타고 가는 것이 가장 수월할 것이라고 말씀하시면서 호남신학대학교에 가게 되면 총장으로 계신 차종순 교수님을 꼭 한 번 찾아뵈라고 하시는 것이었다. 그리하여 광주행 기차에 몸을 싣고 달리던 도중 호남신학대학교 총장 비서실과 광주 번성교회에 총장 면담과 교통편 때문에 문의 전화를 하게 되었다. 그런 사이 광주역에 도착하였는데, 비서실에서 전화도 오지 않고 교통비 부담으로 호남신학대학교에 가야될지 말아야 될지 고민을 하고 있었다. 일단 올라오는 기차 시간을 알아보기 위해 광주역 대합실에서 서성거리고 있는데, 갑자기 뒤에서 어떤 분이 어깨를 툭하고 치시면서 대뜸 "목사님! 가시죠" 하시는 것이었다. 뒤를 돌아보니 허름한 검은색 양복에 여윈 몸을 지니신 노인분이었다. 나는 그분의 갑작스런 행동에 짐짓 당황스러웠다. 나는 그분에게 저를 아느냐고 했더니 자신은 통합측 원로 장로인데 조금 전 기차 안에서 목사님께서 통화하시는 것을 들었다고 하시는 것이었다. 그러면서 자기가 가고자 하는 방향이 같으니 목사님을 호남신학대학교에 내려 드리고 가겠노라고 하시는 것이었다.

이로 인해 생각해 볼 겨를도 없이 택시를 타고 호남신학대학교에 가게 되었다. 가는 도중에 원로 장로님과 명함을 주고 받게 되었는데, 존함이 정찬문 장로님으로 하시는 일은 붓을 만드는 행림필방을 운영하시고, 주소가 전남 화순으로 되어 있는 것이었다. 그리하여 조심스럽게 혹시 화순 분인 조선의 성자 이세종 선생님을 아느냐고 여쭈었더니 그 선생님도 잘 알고 그분의 제자인 이현필 선생님도 잘 알고 계시다고 하시는 것이었다. 그렇지 않아도 교회사를 전공하신 분 같아 자기도 물어 보려고 했다고 하면서 특히 자기 부친은 이현필 선생님과 함께 활동한 분이라고 했다. 지금 자신도 이현필 선생님과 뜻을 같이 했던 제자분들과 함께 보성 어느 산자락에서 어우러져 마지막 여생을 보내고 있노라고 하시는 것이었다.

나는 이 만남에 깜짝 놀랐다. 정경옥이 감리교신학교 교수를 휴직하고 고향에 내려와 휴양하던 중 만난 조선의 성자가 바로 이세종 선생님이었고 그분의 제자가 바로 동광원을 설립한 거리의 성자 이현필 선생님이었다. 그런데 그분의 뜻을 이어받은 후계 수도 그룹을 만나게 되었으니 말이다. 하나님은 참으로 오묘하게 역사하신 것이다. 그런 사이 호남신학대학교에 도착하여 장로님과 헤어졌는데, 꼭 한 번 연락을 드리고 찾아뵙겠노라고 말씀드렸다. 그 장로님이 가시고 호남신학대학교 캠퍼스에 들어서는 순간 마치 천사가 나를 이곳으로 데려다 놓은 것으로 착각마저 들었다.

어쨌든 호남신학대학교에 들어와 캠퍼스 한쪽에 자리한 우월순 선교사 사택을 둘러보고 있는데, 때마침 총장 비서실에서 연락이 왔다. 차 총장님이 고 목사님을 만나시고 싶다는 것이었다. 그리하여 총장실에 들어가 차 총장님과 의미 있는 대화를 나누었고, 자신의 개인 연구실로 나를 인도하여 개방해 주시는 것이었다. 차 총장님 개인 연구실에는 호남지역에서 활동하였던 선교사들의 유족들로부터 받은 엄청난 자료들이 파일별로 구분되어 있었는데, 이것을 이미 스캔하여 컴퓨터에 저장해 놓았다고 하시는 것이었다. 지금 공사 중에 있는데 이 자료들을 바탕으로 해서 호남교회 역사 자료실을 구비할 것이라고 하셨다. 그러면서 몇 가지 책들과 특히 사진에 조예가 깊어 작년과 올해 사진 전시회를 한 소책자를 선물로 주셨다. 그리고 나는 차 교수님의 연구실을 나와 캠퍼스 산자락에 위치한 호남 선교를 위해 일생동안 헌신하다가 광주 양림동에 묻힌 22명의 선교사 무덤이 있는 선교사 묘역을 방문하여 비록 짧은 시간이나마 그들의 귀한 헌신과 수고를 다시 한 번 생각하게 되었다.

이렇게 기이한 만남의 체험을 한 후 강민수 목사님도 만났다. 강 목사님 말씀은 '일본어로 기록된 전남교구회의록을 멀지않은 때에 한국어로

번역하여 영인할 생각을 가지고 있지만 지금 당장은 아니라는 것이다. 그리하여 고故 정규오 목사님이 소장하고 계셨던 1941년부터 1945년까지 수기로 기록된 전남노회록 및 전남교구회의록 복사본을 대강 한 번 열람은 할 수 있었지만 매우 촉박하고 한정된 시간이었기에 자세히 살펴볼 수 없었다. 여기에다가 정말 필수적인 몇 장의 복사밖에는 허락되지 않아 거기에 만족해야만 했다. 그렇지만 자신의 박사학위 논문도 주시고 더군다나 귀한 정보를 제공해 주셨기에 이 자리를 빌려 감사의 마음을 전한다. 이 날 강민수 목사님은 나에게 고양에 계신 장영학 목사님이 일제강점기 전남노회록을 가지고 있다는 이야기를 전해 주었다. 나는 그날 저녁 집으로 돌아오는 기차 안에서 전남교구회의록 원본이 어디에 있을까? 나름대로 온갖 추측을 해 보던 중 아마도 정규오 목사님이 소장하고 계셨다면 혹시 광신대학교에 그 자료가 소장되어 있을 것이라는 생각이 강하게 들었다.

그 후 나는 6월 15일 점심때 고양에서 장영학 목사님을 만났다. 장영학 목사님은 나에게 점심 식사를 제공해 주고, 적지 않은 교회사 관련 자료에 대한 정보를 제공하여 주시는 등 사랑과 배려를 베풀어 주셨는데, 이 자리를 빌려 진심어린 감사를 드린다. 다만 장 목사님 역시 "지금 당장 전남노회록을 완전히 공개하기 어렵다"는 취지로 말씀하셔서 결국 전남노회록을 복사하지 못하였고 다만 필요한 부분만 수기해야 하는 상황이 연출되었다. 장 목사님은 내가 요구하는 연도의 노회록을 기꺼이 내 주시기는 하였으나 워낙 시간이 촉박하여 일단 진도와 관련된 내용만 수기한 채 돌아오게 되었다. 그리고 이날 장 목사님을 통해서 전남교구회의록 원본이 광신대학교에 소장되어 있다는 사실을 확인할 수 있었다. 그로부터 얼마 후 장 목사님은 「주간 기독교」를 통해 자신이 전남노회록을 복사하여 소장하고 계시다는 것을 밝히기도 했다.

그런 가운데 7월 15일 집사람이 평택대학교 상담대학원을 졸업하게 되어 졸업 사은회에 참석하기 위해 강의, 상담, 미술치료, 심방 등 다양한 활동으로 말미암아 피곤해진 몸을 이끌고 평택에 올라가려고 할 때 나는 집사람을 대신하여 차량 운전을 해 주기 위해 평택대학교까지 동행하여 갔다가 평택대학교에서 가만히 기다리기보다는 그 시간에 무엇인가 할 일이 없을까 생각하던 중 문득 분당에 거주하고 계신 김효영 장로님이 떠오르게 되어 느닷없이 연락을 드리고 찾아뵙게 되었다. 7천 종류의 각종 창간호와 1500권의 개교회사를 비롯한 각종 백년사를 구비한 김 장로님의 서재를 구경하던 중 유독 내가 지금까지 구하고 싶었던 책 한권이 나의 눈길을 사로잡았다. 나는 김 장로님께 "어떻게 그 책을 구하게 되었느냐"고 여쭈었더니 "얼마 전 광주분이 이사를 하면서 교회사 책을 중고서점에 내놓았는데 그 서점에서 구입하였다"는 것이었다. 그 후 다시 김효영 장로님께 연락을 드려 그 중고서점을 여쭈어 7월 22일 한성대학

교를 들어가는 입구에 자리한 한양서적의 김임호 사장님을 찾아뵙게 되었다. 그곳에서 나는 호남기독교사 연구소 소장이었던 설동화 님이 내놓은 상당수의 개신교 지교회사를 구할 수 있었는데, 특히 광주제일교회 70년사, 광주중앙교회 70년사, 소심당 조아라 희수기념 문집, 광주 YWCA 70년사, 광주 중흥교회 사진 년감 등 광주 지역의 교회사 관련 자료를 구할 수 있었던 것은 정경옥에 대한 글을 쓰려고 계획한 나에겐 하나님의 예비하심이었다. 그리고 그 이전 호남 교회사에 관심이 있던 시기에 수집한 광주 지역의 몇몇 지교회사 자료들도 내가 글을 쓰는데 큰 도움이 되었다.

이런 가운데 어느 정도 자료 수집이 완료되었다고 생각한 나는 정경옥에 대한 글쓰기 작업을 시작했는데, 정경옥에 대한 글을 쓰는 와중에 난감한 문제에 봉착했다. 당시 광주에 소재해 있던 교회 명단이 정말 필요해졌다. 다시 말해 재차 전남노회록 내지는 전남교구 회의록이 필요해진 것이다. 그런 가운데 나는 장영학 목사님이 보여준 복사본 전남노회록 맨 앞장에 박용규 목사 도서라는 도장이 선명하게 찍혀 있는 것을 보았고, 장영학 목사님 역시 이것이 박용규 목사님이 수집하여 소장하고 계셨던 도서라는 것을 말씀해 주셨다. 그리하여 혹시 나는 고 박용규 목사님의 후손이 어디에 기증한 책은 아닐까 하여 인터넷 검색을 해 보았더니 박용규 목사님의 자제인 박성도 교수님께서 명지대학교에 기증한 기사가 실려 있어 명지대학교 박물관에 전화를 해서 확인을 해 보았는데, 역시 명지대학교에 기증한 2천여 점의 자료 가운데 들어 있었다. 이 자료들은 명지대학교 박물관에서 명지대학교 도서관으로 이전되어 있었다. 그리하여 8월 10일 명지대학교 도서관을 찾아가 연암문고에 귀중본으로 따로 보관되어 있는 전남노회록 원본을 열람할 수 있었고, 비록 전부는 아니지만 내가 필요한 부분 외에 어느 정도 분량의 전남노회록을 디지털 카메라에 담을 수 있었다.

이 자리를 빌려 바람이 있다면 1922년부터 1940년까지 명지대학교 도서관 연암문고에 소장되어 있는 전남노회록과 1941년부터 1945년까지 광신대학교 도서관에 소장되어 있을 것으로 추정되는 전남교구회의록을 비롯하여 광주제일교회 내 광주교회사연구소에 소장되어 있을 것으로 추정되는 1922년 이전 전남노회록과 전라노회록 그리고 전라대리회록까지 더하여 전남노회록 영인본이 발간되기를 진심으로 기대한다. 이를 통해 나의 고향 전라도, 호남 지역의 교회사가 발전될 수 있는 토대가 구축되기를 충심으로 기대한다.

이처럼 나름대로 발품을 파는 노력을 해 보았지만 내가 생각하는 수준의 완벽한 자료 수집은 실패했다. 그렇지만 나 자신은 최선을 다해 보았다고 자평한다. 이처럼 정경옥 자료를 수집하여 정경옥 생애를 연구하면서 정경옥에 대한 실망감도 자리했다. 다시 말해 나는 그가 남긴 위대

한 신학적 유산만큼이나 그의 위대한 삶의 유산을 만나보고 싶었지만 그가 일제 말엽 전남교구장으로서의 일부 행적은 나에겐 실망스러움 그 자체였다. 그에게서 민족적 양심과 신앙적 양심에 비추어 일제에 적극적으로 저항한 흔적을 찾아볼 수 없었다. 그도 강한 민족주의자이자 이상주의자였으나 어느덧 일제와 타협할 줄 아는 현실주의자로 바뀌어 있었던 것이다.

왜 그는 소위 말하는 변절자가 되었을까? 물론 그는 자의적으로 개인적인 야심과 명예심에 사로잡혀 변절자가 된 것은 아니라는 생각은 명확하게 들었다. 김천배가 주장하고 있는 것처럼 그는 대다수 그 시대의 애국자들처럼 일제에 의해 불가피하게 '강간'을 당한 것이라는 그의 주장에 동감한다. 또한 나름대로 새 시대를 준비하기 위해 후학이나 후배를 양성하는 현실적 대안을 선택했다는 주장에도 일면 동감한다.

그럼에도 불구하고 정경옥이 왜 일제에 강한 저항을 하지 못했는지, 도대체 그 근본적 원인이 어디에 있었는지 몹시 궁금해졌다. 이러한 고민이 절정에 달하던 시기인 2010년 9월 10일 목원대학교에 감리교회사를 강의하러 갔다가 우연히 김흥수 교수님을 이호운기념관(신학관) 현관에서 마주쳤는데, 김 교수님께서는 나에게 『급진적 기독교』(베리 칼렌 지음, 배덕만 옮김)라는 책을 선물로 주셨다. 나는 그날 강의를 마치고 오는 버스 안에서 김 교수님이 주신 책을 읽었는데, 이 책의 추천사를 쓰신 김흥수 교수님의 글 내용 가운데 "양심과 신앙의 문제에서 국가의 권력을 제한하는 아나뱁티스트 전통이 감리교나 장로교와 마찬가지로 한국 교회 초창기에 수용되고 그것이 한국 교회 일부가 되었더라면 한국 교회는 신사참배 같은 일제의 종교 간섭에 더 강력히 대항할 수 있는 기반을 마련했을 것이다"라는 글귀가 내 생각을 사로잡았다. 결국 정경옥을 비롯한 당시 한국 교회의 대다수 지도자들이나 교인들이 일제에 적극적으로 저항하지 못하고 현실적인 순응의 길을 선택할 수밖에 없었던 가장 주된 원인은 당시 한국 교회 신앙과 신학 전통에 기인했던 것이 아닌가라는 생각을 새삼스럽게 다시 한 번 가져보았다.

이 연구를 통해 정경옥과 교류를 가졌던 주변인들의 글들을 탐독하면서 일제 말기 친일의 길을 걸었던 정춘수는 주변인들에 의해 동정과 비난의 대상이 되고 있는 반면 정경옥은 표면적으로 동일한 친일의 길을 걸었으면서도 그 행적을 이해하고 두둔하는 분들이 적지 않았다는 것만큼은 확인할 수 있었다. 그것은 정경옥이 그들에게 표면적 모습 이외에 이면적 모습을 보여준 까닭이 아닌가 한다.

나는 이 연구를 통해 확연하게 자각한 것이 있다. 비록 정경옥은 예수 그리스도를 온전히 따르는 삶을 살아내지는 못하였지만 그래도 정경옥은 예수 그리스도를 온전히 따르기 위해 몸부림치는 치열한 삶을 살았고 더군다나 정경옥이 가리켜 준 그 예수 그리스도는 내가 동경하고 사모하

며 따라가야 할 유일한 대상이라는 사실이다. 비록 나 자신도 이 세상에 살아가면서 차츰 세속에 물들고 있어 '예수 따르기'를 실패할지도 모르겠지만, 그럼에도 불구하고 이순간 만큼은 아주 진솔하게 정경옥이 가리켜 준 그 '예수 그리스도'를 따르는 삶을 추구하기를 열망한다.

> "누구든지 나를 따라 오려거든 자기를 부인하고 자기 십자가를 지고 나를 따를 것이니라. 누구든지 제 목숨을 구원코자 하면 잃을 것이요 누구든지 나를 위하여 제 목숨을 잃으면 찾으리라."
> (마 16:24-25)

철마 정경옥, 생애 연구

2017년 11월 17일 1판 1쇄 발행
지은이 ㅣ 고성은
펴낸이 ㅣ 김영명
펴낸곳 ㅣ 삼원서원
              주 소 _ 강원 춘천시 동면 거은골길 24
              전 화 _ 070-8254 - 3538
              이메일 _ kimym88@hanmail.net
등   록 ㅣ 제 397-2009-7777
보급처 ㅣ 하늘유통
              전화 _ 031-947-7777
              팩스 _ 031-947-9735

ISBN 978-89-968401-6-9 03810

값 11,000원
▪ 잘못된 책은 구입하신 곳에서 교환해 드립니다.